渡边淳一
作品

影绘
ある少年の愛と性の物語

侯为 译

青岛出版社
QINGDAO PUBLISHING HOUSE

译者前言

少年淳一之烦恼

渡边先生把他这部小说取名为"影绘"确实令人费解。日语的"影绘"有皮影之意。众所周知,皮影就是投影在幕布上表演的皮制傀儡戏,既是影子又受某种力量操纵行动。而作者在本书中也说到自己在白天和夜晚简直判若两人,这或许就是将此作命名为"影绘"的缘由。好在还有副标题——"某少年爱与性的物语",表明这部自传式小说记述了作者从性意识萌动到告别处男的"烦恼史"。

"德国剧作家魏德金以思春期少男少女的性意识为主题的成名作《春情萌发》之所以在全世界都享有盛名,就因为他强调——性欲正是本能的生命欲望,'性即生命'。如同日本文豪森鸥外有部作品叫《性欲的生活》,几乎所有的文学家都会把自己性意识萌动的历程写成自传或小说。"(引自《影绘》的《解说》,水口义朗。)

渡边先生在本书中引述了某生理学家关于食欲和性欲属于人之第一本能的观点，基本原理与前述魏德金所说"性即生命"相同，也与中国古代先哲所说"食色性也"及"饮食男女"相同。通俗地讲，人和动物不吃不喝就会灭亡，而没有两性交合就无法繁衍后代、延续生命。这也是大自然的造化，因此必须"道法自然"。

本能是人类各种行为的驱动力。现代实验研究表明，人类所有的行为都由15种基本的欲望和价值观控制。心理学家马斯洛提出了"需求层次理论"，认为人类具有生理、安全、情感、尊重和自我实现这5个层次的本能需求，满足了一个层次后必然会有更高层次的需求，即古代先哲所说"衣食足则知礼仪"。但也有古语曰"饱暖思淫欲"，颇具讽刺性。人类虽然号称"高等动物"，但毕竟是从动物进化而来，还残留着不同程度的"兽性"，即动物性。而人类经过进化又具备了"神性"，即文明社会性。

人类发展到多元文化的当今阶段，原始的动物性和高度的社会性这两种属性的矛盾冲突更加复杂和激烈，就是因为社会性制约动物性，而动物性随时都在挑战社会性，所以在两性关系方面也出现了很多新的问题。从某种意义上说，本书作者的一生就是典型实例。作者倾其毕生精力身体力行地揭示了两性关系的本质，并以文学与科学结合的方式提出了解决尖锐矛盾和棘手问题的办法。这位多产作家的创作原点和动力，正如他在《我永远的家》中所说，就是童年和少年时期的各种积累，当然也包括性烦恼。

作者的母亲和父亲都是教师，母亲像"交际花"般活泼健谈，而父亲则是个自制沉稳的数学老师，作者无疑继承了双方的"DNA"。从"过百岁"（百日）被算出"命犯桃花"到被女老师罩在裙底，从厕所涂鸦的性启蒙到男女同校，从初恋对象纯子魂断阿寒湖到受寄宿女大学生引诱而告别处男，作者完成了性成长。另一方面，从童年玩"抢诗牌"到中学国语老师的文学启蒙，从学习创作"短歌"到试写球讯，从查词典到看"黄书"，从打工窥见"伴伴女郎"到观影《情妇玛侬》，从爱读卡缪和萨德到欣赏川端康成，从希望进入京大文学系学哲学到被迫改为学医，奠定了作者的知识结构。从少年时不满工头虐待朝鲜劳工到作为医师批评院方对患者的不当处置，表现出弃医从文的作者从青少年时期就极富正义感……

应该说，专攻理科且获取医学博士的渡边先生是唯物主义者。同时，曾经有志于学习哲学的渡边先生也会用辩证的眼光看待两性关系，在描述性愉悦的同时总不忘提示其危险性。如果咬文嚼字地讲，自慰应该利于身心健康并可避免性能量失控转化为负能量，而手淫却有害健康。性放纵与性压抑都不符合"中庸之道"，古训"物极必反""过犹不及"说的就是这个道理。

"那又怎么样"这句话因渡边先生的同名小说而流行一时，体现出勇于质疑的精神。那么冒昧试问：用以西方文化为背景的性观念、性文化来教育东方人就能解决性关系中的痼疾新病吗？就算普及了性知识，那又怎么样？传统的异性婚恋生育问题尚未解决，又出现了同性恋带来的艾滋病问题，近来还有无性恋和无性婚姻的问题，直接给日本带来的后果就是"少子化"，甚至有预测说500年后日本人口会降至千人！还有报道说，在 50 年内，人以机器人为性伴侣将成常态！

少年时期的烦恼能够激发雄心壮志创造无穷的智慧，可人类的智慧又消除了多少烦恼呢？

侯 为

2015 年夏天于古都西安

目　录

少 年

一

"性的感兴"是什么?

高村伸夫忽然想起就翻阅辞典,可是里面却没有这个说法。因为根本就没查到"性的"这个词,所以辞典中当然不会编入附加这个形容词定语的词组。由于辞典原本就是以单一名词为中心编纂的,寻求解答也就不那么容易了。

不过,就在翻阅厚厚的辞典之间,伸夫心中那种应称之为"性的感兴"已开始萌芽。

已经隔了几年?这种在翻阅辞典时产生的轻度兴奋……

那应该是在初中一年级的时候,伸夫常常躲在自己房间里翻阅辞典,寻找"性交"和"生殖"这类词语。

"性交"即男女交合、媾和、房事。

"生殖"即出生增殖,生物繁殖与自己同种后代的现象。"生殖器"即生物进行有性繁殖的器官,高等动物的睾丸、卵巢及附带的接合器官等。在人类当中,男性生殖器由睾丸、附睾、输精管、精囊、前列腺等内生殖器以及阴茎、尿道、阴囊等外生殖器构成;女性生殖器由卵巢、输卵管、子宫、阴道等内生殖器以及小阴唇、大阴唇和阴蒂等外生殖器构成。

在阅读这些解说时,伸夫手掌开始出汗,呼吸变急促,脑袋像全身血液涌上来似的发懵。虽然眼睛在扫描字里行间,耳朵却变得异常敏锐,准备万一有人接近房门立刻合上辞典。假如此时被母亲发现的话,伸夫肯定会立刻变得面红耳赤。

但虽说如此,辞典简直就是淫猥词语的宝库。

在"性交"这个词条下面,排列着"肉交""接合""媾和""房事"等怪异的词语。其中"肉交"这个词显得很直白,而"媾和"则令人联想到野合的癫狂,"房事"则具有一种神秘的回响。至于"卵巢""子宫""阴道""小阴唇""大阴唇""阴蒂"等词语,更是超越了神秘而隐含着引起眩晕的淫靡感。

而且,解说中的每个词语还会唤起更深的性的感兴。

例如在"阴道"这个项目中的解释:

这是雌性外生殖器的一部分,兼具交合器官及分娩通道的功能,富于扩张性的、由黏膜和肌肉构成的管道,上部连接子宫,下部开口于外阴部，处女的阴道口有处女膜。

读到这里自然会转到"处女"条目，接着便想去看关于"处女膜"的解释了。

只要是用辞典查阅淫猥的词语，伸夫从来不知厌腻。

而且，由于辞典上的解释乍看冷静而科学，可这样反倒暗中透出道貌岸然的淫靡感，煽起想要进一步了解的欲望。

在初中时代，确实只需一本辞典就足以沉浸在性兴奋状态之中。换句话说，性的感兴已经旺盛到只用辞典即可激起的程度。

少年时期这种对性的好奇心，单纯用"兴趣"和"关注"这类词语很难概括，因此应该属于包括这一切的不断奔涌而出的"感兴"之类。

虽说如此，仅仅看到辞典就唤醒了一个人的青春是不是有些滑稽呢？青春的回忆似乎需要再下些功夫并搭建精心设计的舞台装置，而这样却实在太简易轻松了。

现在翻开辞典，高村伸夫有些惊讶和意外。换句话说，他对自己曾经有过只要受这类词语刺激就兴奋的时代感到惊讶，并对自己现在看到那类词语会有轻微的紧张而感到意外。

难道这是因为年轻时代常习成性的东西难以消失呢，还是性的印象会相当浓重地留在心中呢？这本辞典出乎意料地唤醒了伸夫对过去的性回忆。

二

高村伸夫最初产生所谓"性的感兴"是在他五岁的时候。那时，他还没上小学，就待在位于坡顶的家中。

离伸夫家二三百米处是牙科医生原井先生的家，可能是因为父亲或母亲去那里看过牙所以比较熟悉。那天，伸夫也跟着母亲走访了原井医生的家，不过他们没去门诊室而是进了客厅，所以母亲未必是去看牙，可能是去喝茶聊天了吧。

进了客厅，只见拉开隔扇门的里屋铺着被褥，原井医生的女儿百合子正躺在里面。当时她有多大年龄呢？感觉像是十七八岁，不过或许更年轻些。

百合子小姐皮肤白皙、睫毛长长、星眸清亮、秀发如瀑，有一种所谓良家女孩的气质。不过，伸夫当时并未清楚地意识到这些，只是在童心中留下了漂亮而难以接近的印象。

那位百合子小姐正在里屋休息，看样子像是患了感冒。她盖着花被，确如百合子本人一样花枝招展。不过，她可能是因为发烧而精神萎靡，原本细窄的脸庞显得更加无助孱弱。

说不定母亲是去探望百合子小姐，可她只在病榻旁坐了片刻就跟百合子小姐的母亲回客厅聊天了。

也许是考虑到百合子小姐独自休养不免冷清，所以才把隔扇门一直开着。伸夫就坐在母亲身旁，时不时地偷瞟一眼躺在里屋的百合子小姐。

美丽女子是不是在卧榻休息时也很美丽动人？反正伸夫当时感到她躺着的地方就像炫彩夺目的花园。

过了一阵，百合子小姐似乎有些烦闷，从花被旁伸出纤纤手臂拢起搭在枕边的头发，瞬间露出了白皙的耳根。伸夫慌忙伏下眼睛，感到看见了不该看的情景。过了片刻，当他再次提心吊胆地抬眼看时，只见花被下端左右波动，于是想象到百合子小姐的白腿在花被中扭动，伸夫突然感到有些气闷。

当然，大人们和百合子都不会觉察到伸夫这种反应，后来没过多久他就跟母亲告辞回家了。

虽然当时的情况仅此而已，可从那以后，伸夫就不能用"街坊家的姐姐"这种单纯的眼光去看百合子了。

以前只是在外边见过她，可现在连她睡觉的样子都看到了，而且当时她在花被中扭动下肢。

对于百合子来说，那也许只是为消解烦闷的下意识动作，但伸夫却感到自己窥见了百合子的某种秘密。当时那瞬间的气闷反应，或许就是从那微妙的扭动中感到了女性的气息。

虽说如此，伸夫对于男女性行为以及女性身体尚无具体认识。当然，他对于百合子的想法本身就与异性爱或性欲相距甚远，并未超越"街坊家漂亮姐姐"的印象。

不过，一旦看到过百合子躺在花被中歇息的姿态，伸夫就不能像以往那样每天早上见到她就大大方方地打招呼说"姐姐，早上好"了。

伸夫的"性的感兴"大概就是始自对百合子的认识。不过，除了对特定女性留意而产生的"性的感兴"之外,他此前应该还有几次个人的体验。

例如早上憋尿醒来时,就会发现那东西膨胀坚硬起来。当然,这时只需排尿就会萎缩并很快忘掉,但也会在感到诧异和羞臊的同时沉浸在某种自豪感当中。虽说如此,倒还不会立刻引起性兴奋。

"你看,都憋得这么大了,赶快去尿一泡!"

在母亲患肋膜炎住院时来帮忙的远亲阿姨用指尖敲敲伸夫胀大的阴茎头催促道。

"怎么把别人的东西不当回事儿……"

伸夫觉得阿姨此举太粗暴就有些生气。不过,这也与性兴奋相去甚远。当然,他也不会意识到,在女性用手指敲击的举动中包含着异性的亲切感和轻微的好奇心。

或不如说,他可能是对自己每次憋尿就胀大的那个东西感到了几分羞臊和蹊跷。而且,这与先前那种自豪感互为表里,也许二者合一就形成了所谓"麻烦的感觉"。

男性对于性的这种"麻烦的感觉"也许会伴随终生,到头来还会产生"莫如无此一物才好"的感慨,甚至发出"为它付出几多辛劳"的叹息。

当然,在幼年时代不可能产生那种感受,但也并非只需撒泡尿就可以解决。他心里总觉得还会有某种反应,却难以捕捉那种朦胧反应的实体。

尽管如此,关注下体的前部重于后部或许就是情窦初开的第一步。

奇妙的是，伸夫在幼年时期关注后面的屁股却重于前面的阴茎。这种感觉似乎与每天多次小便时触摸并注视阴茎的行为并非无缘。

这是因为，与触摸阴茎的次数相比，意识到肛门并伸出手去的次数要少得多。一天一次，顶多两次。不可否认，频繁触摸前面的常态化，就是造成轻视阴茎而将肛门视为具有神秘感的重要部位的原因之一。

这种前面与后面的区别在羞耻感方面也完全相同。比起在排尿时被人看到，在排便时被人看到所产生的羞耻感会更加强烈。在实际生活中常见男孩向伙伴显示自己排尿冲力强劲的情景，可即使是出于恶意，也不会有人炫耀自己拉便便如何如何。

即使说到儿童时代常搞的"脱裤衩"恶作剧，当前面暴露时往往不会有多大反应，而当屁股被暴露时欢呼声却会更高。特别是男孩，比起前面暴露，后面暴露的姿势更丢人更屈辱。

在洗澡之后赤身裸体地玩耍时，比起被母亲训斥"露着小鸡鸡会被笑话"，"露着屁股会被笑话"的训斥效果会更强烈。

不过，据说这种"后面比前面更令人害臊"的心理只限于幼年时期。

这种心理开始逐渐逆转，可能是在进入小学前的四五岁时。

当然，此时幼童尚未清楚地意识到羞耻感，所以与其说是"害羞"，不如说仍旧停留在"前面似乎比后面更神秘"的模糊认识上。

但是，随着年龄的增长，每当在现实中看到和听到各种现象时，这种认识就会形成真情实感吸收在头脑和身体当中。

例如在跟父母去澡堂和温泉浴场时，看到大人都遮挡前面却对屁股毫不设防。另外，在体罚时常见撅起屁股挨打的情景，这在西方童话书中出现较多。从这些现象都能感觉到人们对屁股并不重视。还有走在街上突遇疾风时，女性必定首先按住裙子前摆，而后摆则是次要。

这些现象毫无疑问都是显示"前面比后面重要"的证据。

不过，如果说到为什么前面重要这种具体的问题，四五岁的幼童并不清楚，只是从大人的行为方式中察觉到似乎如此而已。

但是，对于幼童来说，"前面比后面重要"的认识是个相当重大的意识转换。从切实感受到这一点开始，幼童的关注即转向前面，并以此为诱因产生了新的疑问，再过些时候就会导致对性的好奇心。

从这个意义上来讲，好奇心从后面转向前面或许应该说就是幼儿期"性的感兴"的出发点。

在知道前面重要之后，伸夫的关注点即迅速向前转移。

当然，自己那个东西随时可见可触，所以没什么不可思议，只要能接受也就如此而已。

可是，女孩的前面又怎样呢？是像自己这样突出呢，还是凹陷呢，还是别的东西呢？想象的翅膀渐渐展开。不过，虽说是想象，却也只是从对前面感到神秘开始而已，其展开的空间有限，还联系不到性欲和生殖等具体的认识。

即便如此仍能意识到有所不同，这既是切实感到这个世界上有男女存在,也是对与自己不同性别的存在予以接纳。

伸夫跟母亲一起进浴室洗澡,会不经意地观望母亲的前面。

正如所想,那里被黑黢黢的体毛遮盖,可再向下却似乎空无一物地向后连接到臀部。与其相比,父亲的那个东西则堂而皇之地悬在胯下。因为父亲几乎毫不遮掩,所以伸夫看得十分清楚。主要由竿和囊这两个物件构成,其硕大毕竟无法以自己的与之匹敌,但形状明显十分相似。于是可以预料,等自己长大之后,完全能够变成父亲那样。不过,母亲那里的详细情况却不得而知,只是得到貌似平平的印象。

但是,男人和女人的前面具有决定性的不同,这个事实已毋庸置疑。

不可思议的是,伸夫仅仅因为领悟到这一点就感到自己突然长大了。

"傻瓜!男的有小鸡鸡,女的可没有哦!因为俺爸的鸡鸡这么大……"

伸夫虽曾如此不无自豪地向同龄的街坊小伙伴讲述,但与其说是在夸耀大人那个东西,莫如说是在夸耀自己已提前一步窥见大人的世界。

虽然小伙伴们似乎听得饶有兴趣,但还是有人满脸不知所云的神情,还有的则不肯服输地夸耀说"俺爸的也不小呢"。

但是,说到女人的那里却无人了解,顶多不过是"貌似平平"的认识。

玩"医生看病游戏"就从这个时期开始,这无疑源自想要了解女性前部的探究心理。

虽然把想用手指触摸或用细棍捅女孩私处的行为说成探究心理难免招人批评,但这毕竟是男孩的本能冲动,也是男性特征的证明。这种好奇心和求知欲与追踪蚂蚁找到蚁穴或捉住蚂蚱揪掉翅膀探究内部的行为相似,但偶尔也会在性冲动的驱使下转向女孩的重要部位,于是惨遭大人责骂。

不管怎么说,看到那个部位平展就想探摸是否有什么,看到孔洞状就想用手指探摸究竟,这应该说是自然的本能吧。

不知是幸运还是不幸,伸夫虽然没有玩过医生看病游戏,但因为急欲知晓那里有什么,所以只要有机会他也会做出同样的举动。

但是,很多男孩并没有尝试的机会,只是日益确信前面非常重要。

此时的着眼点已不在后面的臀部,问题是前面的裆部。那里对于男女来说都是最重要的部位,好像不能轻易让别人看见。

上小学一年级时就会产生这种程度的认识。

不过,遗憾的是那个部位的具体形态无从想象。有时小伙伴会用左手握成筒状,然后用右手食指做插入状,或以拇指从中指和无名指之间穿出,同时嘴里喊"色鬼",由此便可想象到女孩那里有个深洞,前面突起一个小东西。

然而,这也离具体的形态相差甚远。

不过,其具体形态另当别论,女性的前面似乎散发着某种感官物质却是实实在在的现象。将其喻为电波未免夸张，而说成热波又过于具体，或许应该称之为包括这一切的性感气息。

伸夫初次意识到那种气息是在上小学一年级的时候。

班主任黑沼老师白白的皮肤，黑黑大大的眼睛，在所有的女老师中最漂亮。伸夫还记得母亲曾经说过"因为你的老师很漂亮……"。

伸夫最喜欢黑沼老师身穿白罩衫和藏蓝色大喇叭裙的姿态，此时老师显得最柔美清秀。

有一次，好像是在做体操或是课间休息时，同学们以黑沼老师为中心围成一圈闭住眼睛玩捉迷藏之类的游戏。

"预备——开始！"

大家都开始跑动，可伸夫却不知何故起跑迟缓。就在他慌忙起身的瞬间，一片薄软翩然飘落头顶，将他严严实实地罩在黑暗之中。

这是在黑沼老师的大喇叭裙里。过了片刻伸夫才明白过来——由于老师猛然站起转动上身使裙摆飘动，自己就被罩在里面了。

当黑沼老师发现有个学生进了裙子里大吃一惊，慌忙拉起裙摆救出伸夫并嘟囔说"啊，吓我一跳"。

周围孩子们一时被这瞬间的奇景惊呆，可当伸夫从黑沼老师裙摆里钻出时又哈哈大笑起来。

伸夫低着脑袋不知如何是好，黑沼老师轻轻抚摸他的头顶。

"对不起哦！"

伸夫还是说不出话来，黑沼老师帮他整理一下衣领并转向同学们。

"好啦！今天就到这儿吧！"

伸夫跟着同学们走向教室，心里想都怪自己动作太慢，害得大家游戏中断，感觉做了一件很不好的事情。

不过，自己进到老师裙子里，原以为会受到老师责骂，可老师的态度却意外温和。伸夫对此迷惑不解，旁边的同学突然发话。

"色鬼！"

伸夫瞪着那个同学反驳。

"根本不是那么回事儿！"

"可你不是进老师裙子里了吗？"

伸夫确实进到老师裙子里了，但他并不愿意那样做。

"不是的，不是啦……"

伸夫拼命地辩解，不过他在那个瞬间确实嗅到某种气息。后来他也想不明白那是什么气息，反正是柔柔甜甜有点儿酸的感觉。

"闭嘴……"

不管那些家伙怎样说三道四，知道老师裙子里面味道的也只有自己。伸夫忽然有些得意起来，目送黑沼老师裙摆翩翩的背影在秋风中远去。

三

说到男孩性意识最为安定的时期，或许就是从幼年到小学毕业的十年之间。

在这个时期,男孩既不会寻求性行为也没有性的烦恼,在性方面毫无欲望,属于性欲的空白期。

当然,如果只从性行为来讲,老年期也大都与性无缘,因此未必不能看作性欲的空白期。

但是,老年人在这个时期即使没有性行为,也不等于性心理已经消失。倒不如说精神与肉体相反,往往发生亢进现象。因此,这也可以看作异常复杂而烦恼多多的时期。

但无论怎样看,都不同于小学时代的性无垢状态。

即便以伸夫自身的体验来对照,他在小学时代从未被特殊的"性的感兴"所困扰。如果勉强举例的话,也就是前面所说进到女教师裙子里那件事。而且那也并非伸夫主动所为,纯属突然降临的灾难。

总而言之,直到小学毕业之前伸夫尚未萌发性意识,因此不会被性烦恼所困扰,一贯保持纯真无邪的心态。

当然,这并不等于他对自己的性器官毫不关心。

当清晨憋尿醒来发现阴茎勃起胀大时,他就会惊慌失措。

不过,他当时还没有进一步考虑"为什么"以及这种状态意味着什么,当然对这种现象本身也不会感到羞耻。

从这个时期开始玩"看谁尿得高",也与这种不知羞耻的心理有关。

就是大家站成一排朝板墙上方撒尿,看谁尿得高。

小伙伴们一齐使劲向高处滋尿,尿液划出抛物线朝上喷起。偶尔刮来一阵风,尿液就会被斜向吹散。

"嘿呀!"

滋得最高的小伙伴发出的不知是欢呼还是嘲笑,还挺起胸脯像在说"怎么样"。

如果说这只是孩子们天真无邪的玩乐倒也罢了,不过,从另一个角度来看也可以认为,男性以阴茎粗大为傲的单纯心理此时已经萌生。

伸夫在这种比赛中仅仅一度称王,不知为何,那次他非常强势,比小伙伴们滋得高很多。

不过,那次胜利在接下来的瞬间就被大人的呵斥声抹掉了。

这且不说,总之通过这种游戏,他进一步领会了将男性那个物件称为"阳物"的说法。

确实如此,在太阳下威武雄起的那个就是"阳物"。而且,从来不玩这种游戏的女孩也会切实感到自己与男孩性别不同。在她们体内好像潜藏着某种与男孩不同的部分,由于不会轻易暴露而被称为"阴物"。这种比喻恰如其分。

幼年期的阴茎确实堪称阳性,它有时像是得意洋洋,有时颇显滑稽。布鲁塞尔皇宫前有个"撒尿男孩"雕像,淋漓尽致地表现了这种形象。

不过,男孩的阳物并非总是那么阳光、那么高傲。

伸夫上小学二年级时曾在樱树下小便,正巧周围有很多毛毛虫,于是他用尿液惩罚了其中的一只。

毛毛虫受到尿液突袭左右扭动挣扎,终于像是抵挡不住而蜷缩起来。

伸夫获胜后洋洋得意地收回阳物，可后来却发生了意想不到的事情。

他第二天早起一看，阴茎头部红肿起来，摸上去还有些疼痛。

这到底是怎么回事儿呢？伸夫有些害怕就想问问母亲，可又羞于启齿，只好自己思索。

这会不会是对自己昨天尿撒毛毛虫的惩罚？

以前曾听小伙伴说"把尿撒在毛毛虫身上小鸡鸡就会肿起来哦"，可伸夫认为那是胡说八道而嗤之以鼻，甚至心想不妨冒险一次，觉得如果真肿起来倒也挺有趣。

然而，小伙伴的预言变成现实，小鸡鸡果然肿起来了。

"哎，真的肿起来了，怎么办？"

伸夫很担心，于是去找小伙伴询问。那个小伙伴露出"瞧，活该"的表情冷淡地说"就那么忍着吧"。

"不用上药吗？"

"我那次没上药自己就好了嘛！"

伸夫听了便稍稍放心，既然他好了，那么自己过几天也会好。

"不过，为什么向毛毛虫撒尿就会肿起来呢？"

"毛毛虫会放出毒气来嘛！"

伸夫对小伙伴的解释似懂非懂，却也感到在那华丽的毛斗篷下似乎藏有各种武器。

总而言之，"尿撒毛毛虫鸡鸡就会肿"根本不是迷信，而是毋庸置疑的事实。伸夫自己已经有所体验,小伙伴们也有几个中招,所以不会有错。而且,还有人尿撒蚯蚓阴茎红肿了呢。不管怎样,在地下蠢动的小动物似乎都具备了狙击阳物的秘密武器。

伸夫后来向当了泌尿科医师的朋友井川君咨询。

"真的肿了呀!"

伸夫问得十分认真,可井川君却微微一笑不予应答。

"泌尿科没有那样的小孩来看病吗?"

"小孩即使有肿胀也是去小儿科看,可能是其他感染症吧。"

"不对,因为就在第二天肿起来了,所以肯定是毛毛虫在作祟。"

"那你就再试一次吧!"

话虽这样说,可现如今一个大男人再去找毛毛虫撒尿实在太不像话。而且,自己现在已是成年人,也许尿了也不会肿。大概毛毛虫的毒气只对小孩有效。

这个问题目前仍未得到解决,就连泌尿科的医师也没作出明确解答。

然而,伸夫的阴茎确实是肿了。伸夫想起这件事时总感到不可思议,同时对自己遥远幼年期的阴茎惋惜不已。

那时的阴茎既单纯又羸弱,甚至不堪毛毛虫一击。虽然只过两天就痊愈了,但此前肿胀的阴茎使伸夫深感毛毛虫可怕,同时在心里发誓再不搞那种恶作剧了。

或许那次阴茎肿胀就是一个转折点,他从满不在乎地当众小便的幼年期转向知耻而避人眼目的少年期。而且,那条披着黑色毛斗篷的毛毛虫从地面向伸夫的阴茎发射毒素也许就是为了告诫他——
你已经不是搞这种恶作剧的年龄啦！

四

小学时代没有性的困扰日夜安稳，但与此相比，初中时代或许堪
称激烈动荡的年月。那种状态恰似渗入地下的雨水骤然被卷入峡谷
激流。

特别是伸夫，情窦初开的时期与日本战败突然自由开放的时期
重合，与其他时期的少年相比，其冲击力之大可想而知。

伸夫刚上初中的一九四六年，日本好不容易从废墟中爬起，食物
当然不用说，就连衣服和住房都没有。街上到处是流浪汉，人们东奔
西走寻找黑市商品，所有的人都为生存而拼尽全力，根本无暇考虑其
他事情。

不过，即使是在这种环境当中，对于性的关注仍以与对食物同样
强烈的执着在少年之间萌生。

某位生理学家将食欲和性欲列为人类的基本欲望，将这种最原
初的本能欲望命名为"第一本能"。此外，对于女性则在食欲和性欲
之上增加了"母爱"，达到了三种。

确实如此，战后人们在水深火热中挣扎时切身体会到了强烈的
第一本能。

例如，为了得到食物，人们甚至舍弃尊严、礼节和信义，理智和教

养在饥饿面前几乎毫无意义。而且就在那样的泥潭当中，人们仍然执着地追求淫猥的东西。由于饥饿会导致死亡，所以食欲当然是首要欲望。但只要稍稍加以满足，接着便会争先恐后地涌向性的快乐。

而另一方面，母亲们为了让饥饿的孩子吃饱而背负长达身高的口袋外出采购，只要有一口剩饭都会不顾体面用纸包好带回家中。

食欲、性欲和母爱正是人类的三大欲望。而在战后，也是满足这些欲望的生活方式推动了社会的发展。

与这三大欲望相比，父爱和兄弟爱之类则要降低一级。而说到友情就更低了，就连名誉的欲望和统治的欲望在食欲面前都会变得模糊不清。

在民间的所有生活当中，只有第一本能闪闪发光，像理性、友爱和信义等精神层面的生活尚被排斥在混沌的彼方。

属于第一本能的肉体欲求不知羞耻地公然露面，人们的行为反而因此动力充沛活力四射，诸事明快浅显易懂。

伸夫在一九四六年四月进入初中。这里是札幌最具传统的学校，当时只有男生。"质实刚健"的校训用粗壮遒劲的字体写在匾额上挂在运动场正面。当然不必特意强调，在当时物质匮乏的生活中人们不得不质朴坚忍。

运动场和走廊等处裂缝的玻璃窗尚未来得及更换，一到冬天风雪乘隙而入，窗台上常有一两寸厚的积雪。门框也因变形而难以关严，地板多处朽烂成洞，旁边标有"危险，请勿通过"的警示。而且，由于走廊里的灯泡几乎全都灯丝烧断，到了傍晚连对面有同学走来都看不清楚。

在这种状态下，不仅是校舍，连学生装都不问喜欢与否只能质朴坚忍了。

日本刚刚战败，高年级中还有从陆军幼年学校和少年兵复学的学生。他们当然戴着战斗帽，穿着军靴，甚至有人穿着土黄色军服来上学。除此之外，还有人买到了占领军投放的军装，所以学校里呈现出日美两军混杂的景象。

普通初中生就穿着上下两件的黑色学生装，但几乎都有破洞补丁。其中还有人穿着兄长替换下来的上衣，看上去就像穿着短大衣。夏季大家都光脚穿木屐，冬季则是斗篷加长筒胶鞋的装束。就连长筒胶鞋都属于配给物资，所以很难分摊到。当胶鞋有了破洞又碰上融雪季节时，袜子常常会湿得拧出水来。

有人便会扔掉冰冷的胶鞋，在冬季也穿着高齿木屐。但走上几步木齿之间就会填满积雪，所以不得不频频停步磕掉雪块。当然，在冰天雪地中满不在乎地光脚穿木屐行走，站在路边咚咚作响地磕雪，这种硬汉做派也算是一种时髦，有人还会为此自鸣得意。

从家到学校的距离有三公里多，由于规定超过四公里才能乘电车上学，因此伸夫无论炎夏还是寒冬都只能步行。于是他的脚就变成了扁平足，如今仍未见好转。

或许就是由于这个原因，当时伸夫的心愿就是得到一双军靴。他在上初三时终于通过某个门路实现了心愿，高兴得用红色毛刷把皮靴擦得锃光瓦亮。

身上穿的尚且如此，嘴里吃的就更没法说了。当时学校尚未实行供餐制，大家都带盒饭上学。其中有人带着褐色的麦饭，有人带的是红薯饭，还有人只带着四五个土豆充饥。偶尔有人带来白米盒饭，大家就会喊着"噢！'银舍利'！"并围拢过来，反倒让盒饭的主人尴尬不已。

副食也是五花八门，有的人盒饭里装着马哈鱼或腌鳕鱼子，而有的人只放了腌梅干或腌萝卜，还有人在米饭上放些纳豆带来。到了冬季盒饭就会很快冷透，于是放在教室暖炉的周围。有时随着温度升高，从铝制饭盒里跑出的异味在教室里弥漫开来，大家就捏着鼻子闹哄哄地查找问题盒饭。

那时当然没有如今常吃的火腿和奶酪，就连肉类都很少见到，偶尔吃一回铁板烧也大都是马肉，由于太硬吃下去也很难消化。不过，马肉倒是挺耐饿，这是个意外的优点。

最棒的美味还是煎蛋卷，要是一不留神带到学校，恐怕转眼之间就会被周围同学一扫而光。

总而言之，初中时代大家总是处于饥饿感当中，只要有能吃的东西当场就会吃光，根本不会考虑保留。岂止如此，到了第三节课就已经有人把盒饭当"早饭"（提前的午饭）吃掉了。

当时只要有能吃的东西就都往肚子里填，如今想起依然令人惊叹不已。像茵陈啦款冬等野菜自不必说，人们还会把海宝面[1]和麦麸

---

①日本战后粮食匮乏时期以海带、淀粉、鱼粉制作的代用面条。

与荞面搅拌起来做饭吃。麦麸就是把麦粒磨粉后剩下的表皮，所以营养价值为零，如今连老鼠都不吃，但当时只要能充饥就已足够。

伸夫的母亲发挥第一本能，大病初愈就去农家帮工以求买些大米。有时清晨就要去车站排队买票，然后背着口袋下乡买粮。母亲正是用实际行动表现出了坚忍不拔的精神。

但即便如此，每天的晚饭也都是面疙瘩汤菜粥。因此，每当母亲呼唤在外玩耍的伸夫"吃饭啦"的时候，伸夫就会反唇相讥说"就是菜粥呗"。

近年有部日本优秀电影作品名叫《何日再相会》，因其中主演冈田英次与恋人久我美子隔着窗玻璃接吻的场面而名噪一时。在影片中，久我美子为至爱恋人从家里拿了个苹果跑出来，而如今的年轻人看了或许会疑惑不解——那种东西为什么如此重要？恐怕对女性的心态也难以准确把握。

不管怎么说，那个时代的艰难困苦如今已无从想象，唯一的拯救或许就是由于大家都很贫穷所以对贫穷不太在意。而且，由于生存目的明确，都是为了吃饱穿暖，因此可以说活得更加单纯。

即使生活在贫困当中，性的欲望依然实实在在地觉醒和膨胀。这正是第一本能。

从小学进初中，伸夫切实感到自己的性意识世界在迅猛扩展。此前只是从个人的小窥孔朦胧地眺望云遮雾罩的远方，而现在前方视野豁然开朗，云雾也渐渐散去。

其最初的机缘就是学校的厕所。

由木板隔成的空间里罗列着煽情的词语，而且不像辞典那样假装正经，都是既猥亵又具体的记述。

例如在蹲坑正面的立板上画着阴茎图形，前面还有覆盖着体毛的裂口，旁边用潦草字迹写着"想插入"。

伸夫蹲在坑上独自琢磨。

原来如此！女人那东西就是这个样子，要把男人的东西插进去。

伸夫通过想象渐渐明白过来，突然感到自己加入了大人的世界。

不过，虽说女人那东西就像板墙上画的轮廓，但还是没有更加具体的形象。

看轮廓确实像个孔洞，但其本身是软还是硬？具体有多大？怎样才能插进去？像自己现在这样的够用吗？还是再大些才行？当自己想插时女人会允许吗？那时女人会是什么感觉？伸夫越琢磨问题越多。

不管怎么说，大人们似乎拥有小孩们搞不懂的另一个世界。那个世界虽然看似遥不可及，可一旦产生了好奇心，立刻就像着火了似的难以遏止。

伸夫虽然已经解手完毕，但为了进一步探寻知识，他又来到别的隔间。

每个隔间里都画有男女图形，还写着"我想干""真爽""色鬼"等词语，甚至潦草地写着"吉子""厅立的安子""静修的明子"等女孩和女校的名称。伸夫每次看到那些词语心中都会产生罪恶感，可眼睛却盯在那里无法挪开。

但是，运动场旁边第二个厕所隔间里的涂鸦最为完整，也是用铅笔仔细地写在前边的板墙上，而且采用了问答的形式。

"跟女人干时怎样插入呢？"

"最初会比较干涩，所以最好用手指抹上唾液弄湿再插入。"

"多大的阴茎合适呢？"

"阴茎大小没有关系，没必要太长，有一定粗度就行。粗度比长度重要。"

"女人也会感觉爽吗？"

"做过多次以后，女人也会产生快感，那里会变得湿滑。"

"光线暗时也能找到插入位置吗？"

"从前面摸自然能找到，潮湿的裂缝就是。屁股眼还在后面，所以不会弄错。"

"一干就会怀孕吗？"

"有时会有时不会，大都不会。不必太担心。"

看到这里伸夫浑身发热、心跳加快，担心被别人看到还环顾四周，但隔间里不可能有别人。

以前曾看到过很多涂鸦，但如此具体明快的解答还是初次见到，确实写得相当详细。既然了解得这么多，涂鸦者肯定是经验丰富的前辈。

听说在参军入伍的大龄前辈中有不少已是过来人，这些或许就是其中某个人写的。

不管怎样，这些解答确实具体而令人茅塞顿开。

"从前面摸自然能找到"是伸夫最想知道的答案，而看到"粗度比长度重要"后伸夫稍稍放了心。

而且，女人那东西有些湿滑他也是第一次知道。

如此说来，伸夫也曾听到有人形容女人的私处就像"谷地""黏糊糊"，或许就是"裂缝""湿滑"的意思。

"原来是这么回事儿啊……"

脑袋里一下子装进大量信息，伸夫感觉有些发晕。

"真了不起啊……"

伸夫感动不已，甚至忘了这是在厕所里。未知的将来令他期待，同时也心生恐惧。

五

"小学生与初中生区别在哪里？"

对于这个问题，多数人会怎样回答呢？

有人说，小学生还是幼童，而初中生是少年。也有人说，小学生是少年前期，初中生是少年后期。其中还有人说，初中生以后是幼童自我意识萌发并出现第二次反抗期特征的阶段。这是从心理特征进行区分的方法。另外，还有人从生理方面区分，认为此时是从小儿科对象转为内科对象的节点。

几种答案看似明白却仍然不够清楚，其原因似乎就在于少年期这个词语的定义本身就模糊不清。

在日本的少年法和相关法律中规定,满十四岁以上到满二十岁的人为"少年"。如果以这个观点来划分,小学生就不能算作少年。但是,心理学家施普兰格尔将八岁到十二岁之间看作少年期,而夸美纽斯则将七岁到十二岁之间看作少年期。这些观点都不能用"少年"这个概念模糊的词语来区分小学生和初中生,即使只从心理和生理方面来看,由于个体差异较大而相当难以明确分类。

不过,如果说"小学生与初中生的区别就在于有无性意识"是否合理呢?

当然,在这方面也存在着个体差异。不过,几乎所有的男性都在初中时期觉察到了自己的性欲,这是毋庸置疑的事实。而且,不可否认也有提前或延迟的现象,但那属于少数例外,多半都是在初中时突然意识到了性欲。

而且,那并非是以异性为对象,例如向往女性的身体或被女性的温柔所吸引,而是切身感受到自己体内所翻腾奔涌的性欲,并且想凭借自身寻求宣泄口。

其最具象征性的行为就是"自慰"。

日本男性初识自慰的平均年龄是多少?由于尚无正式统计不得而知,但设定为从初一到初三的初中时期应该不会有错。像这种有关性方面的数据,与其做正式调查不如随意询问周围的人更为准确。即使根据伸夫所询问的结果,在初中时期学会自慰的人也占了压倒多数。

事实上,伸夫初识自慰也是在初二的夏天。

　　不可思议的是,那个行为会在某个时刻毫无先兆地因意外事件引发。

　　那天,伸夫坐在二楼自己房间的矮桌前翻阅辞典,倒也不是用功学习,而是照例逐次阅读"性交""妊娠""生殖器"等条目,并独自兴奋得脸红心跳。

　　虽然还是八月底,但黄昏将至房间微暗。伸夫没有开灯,继续阅读辞典上的小字。

　　房间有六铺席大,矮桌就摆在窗边,伸夫跪坐在桌前。由于是在盛夏季节,所以只穿着内裤和短裤。他突然感到下半身发热,于是解开短裤的扣子,然后掀开内裤前面,却见阴茎一下子弹了出来。说实在话,因为这些几乎都是下意识动作,所以当他看到弹出来的那个物件时吓了一跳。

　　不过,那个物件似乎也吓了一跳,在裆间支着脑袋发愣,就像突然从树丛蹿到路边东张西望的小松鼠。伸夫慌忙回头看看,在确认房门紧闭之后,这才伸手摸了一下裆间那个物件。

　　那个物件意外的坚硬、发烫,还有微微搏动传到指端。

　　伸夫觉得自己正在做十恶不赦的坏事,就想把支出来的物件塞回裤裆,可一旦胀大的家伙却似乎不肯轻易回去。

　　当他用指尖摁住前端反复压塞时,阴茎前端就被大腿夹紧。

　　在刹那之间,下体涌起直蹿阴茎头的快感。伸夫一时慌了神:这到底是怎么回事儿? 为什么会产生如此舒爽的感觉? 是不是哪里藏有某种机窍？

伸夫纳闷地望着坚挺的阴茎，想再次体验那种快感。

用大腿夹紧那个物件感觉就爽——虽说是偶然发现的动作，但做起来却意外简单。

伸夫再次确认屋里没有别人，就慢慢地把阴茎夹在大腿之间，然后并拢双膝夹紧。就在他稍稍放松的同时，阴茎再次猛地从裆间弹出，一阵酥痒的快感包裹住了阴茎。

那种舒爽透顶的感觉令伸夫有些惊慌失措，却还是忍不住重复着同样的动作。

虽然重复了多次，阴茎仍像弹簧玩具娃娃般弹起，同时带来真切的快感。

哪里还用得着辞典？煽情的词语和讲解已比不上现实的快乐。

在暮色降临的房间里，伸夫像在摆弄稀奇玩具般将阴茎塞入弹出。

大概反复了十几次，下身突然蹿起火花迸射般的感觉，昂奋的前端喷出了白色黏液。

"啊……"

伸夫禁不住喊出声来，接着就像被手枪击中般伏在了桌上。

他一动不动地追逐快感的余韵，后来觉得裆间有些黏糊糊的就慢慢抬起头来。

刚才昂首挺立的阴茎像是突然失去张力垂下头来，裆间和内裤都溅上了白色黏液。

这是怎么回事儿？伸夫感到迷惑不解，过了片刻才用身旁的纸擦拭污渍。

这就是书中写到的所谓精液吗？那么刚才那个瞬间就是射精吧？

伸夫依然沉浸在快感的余韵当中，心情却像萎缩的阴茎般渐渐消沉。

自己像是做了荒唐透顶的坏事，闯下了对父母都难以启齿的大祸。一阵懊悔随着轻微疲劳传遍全身，他突然心生恐惧。

"怎么办……"

怎么能做出这种事情？如果被母亲和老师知道恐怕要受到严厉斥责。但另一方面，他又为自己也终于完成了自慰而感到几分自豪。

以前朋友们暗示的"那个"就是这么回事儿吗？自己一直疑惑不解的其实就是这件快乐无比的事情吗？

紧接着，伸夫感到自己突然成了大人。

原来如此，那些家伙干的就是这种事情！他们偷偷享受快乐，然后在众人面前摆出了不起的架势。

"这有什么难的呀？"

不过，男孩在刚刚学会自慰的阶段，其行为尚未与女性发生关系，仅限于男性私密之内的快感，仅仅初识自慰即已满足。

但是，一旦尝到这种快感，就像初尝禁果般再也无法抛舍。

从那时起，伸夫开始渐渐沉迷于私密的快乐之中。虽然当他文静地关在自己房间时最危险，不过当然母亲似乎尚未觉察到。

例如在傍晚时分,当母亲在楼下喊"伸夫,吃饭啦"的时候,伸夫才会回过神来。

"哦——"

他虽然应声,却并不想立刻起身下楼。

如果现在下楼会不会被发现刚才是在自慰? 手脚是不是还留着那种腥臊味? 在明亮的灯光下会不会被父母看出来?

"伸夫——"

母亲再次呼唤,伸夫慢慢地站起身来。

倒也说不出哪里怎样,但身上还是有种倦怠感,脑袋依然发懵,血涌上头尚未退潮。

伸夫打开电灯,对着镜子观察自己的面孔。

或许是心理作用,脸色稍显苍白,感觉有些疲惫,而眼圈像有热度似的发红。

伸夫啪啪作响地拍拍脸颊,然后干咳一声走出房间。

但是,他下楼后先去了厕所,撒完尿擦擦阴茎周围,又使劲擦了几下手才去了客厅。

"你磨蹭什么呐? 赶快吃饭!"

餐桌旁父母和姐姐弟弟都已坐下,伸夫像个罪人似的悄悄坐在父亲和弟弟之间。他平时总是边吃饭边聊天,可这回却一语不发只顾吃饭。

"怎么啦,哪儿不舒服吗?"

"没有……"

听到母亲询问，伸夫摇了摇头，预感到自己再不会是以前那个开朗直率的少年了。

六

男孩突然变得沉默寡言也许就是性意识萌发的证据。

初识自慰之后，伸夫忽然对父母和家人的存在感到厌烦了。如果家里没有别人，自己独自一人该是多么爽啊！当他强烈地希望独处时，爱絮叨的母亲和姐姐就会令他不胜烦躁。

归根结底，这种心态的原因很单纯——周围有人就不能放心地自慰。特别是伸夫的房间虽然在二楼，但因为比自己大四岁的姐姐的房间也在二楼，所以不知何时她就会突然进门。而且，母亲也会常常为一些琐事不先敲门就闯进屋来。

当然，即使要求她们敲门，但在以隔扇隔开的房间里也并不能完全放松。

于是，伸夫对所有妨碍自己独处的人都厌恶而烦躁。

可是，母亲和姐姐对伸夫的精神不安状态似乎毫无觉察，依然在楼下因琐事吵吵嚷嚷，有时不先敲门就进来说这说那。

"什么呀……"

在这种时候，伸夫的语调就会变得更不耐烦。

"怎么啦？你最近……"

母亲的表情有些悲凉，可伸夫却无法讲明原因，只能用态度表示

"别管我"。

"阿伸近来有些奇怪呀……"

母亲在跟姐姐悄悄议论。与以前相比确实有些异常,伸夫自己心里最清楚,可他也无法平息目前烦躁的心情。

稍稍夸张些讲,学会自慰确实是件幸运的事情,他眼下已经无法从那种注射了兴奋剂般的快感中逃脱。不,他已经被那种兴奋剂绑架了。

伸夫决定放学后直接回家,姐姐去了裁缝学校不会早归,所以傍晚之前无人打扰。

他确认之后又打开那本辞典,再看看关于女人的书,手就悄悄伸向胯裆。

阴茎照例又热又硬,于是伸夫把它慢慢地摁在大腿之间夹紧,酥麻的快感集中到了一点。他全神贯注地反复同样动作,将快感推向高潮。

在反复几次之后,伸夫忽然有了别的想法。

像这样用大腿根夹紧,还不如干脆用手指摩擦效果更佳。既然阴茎从胯裆弹出时摩擦会带来快感,那用手指摩擦不也一样吗?

想到这里,他就慢慢地捋动捏着阴茎的手指。果然如同想象的那样,酥痒的快感骤然强烈。伸夫更加自信,于是加快了捋动频率,快感一举达到巅峰,随即带来猛烈的射精。

"原来如此……"

伸夫在照例降临的轻微倦怠感中点点头。

看来这就是最简易实用的自慰方式。其他人肯定都是这样。

虽说如此,无论机缘如何偶然,男性或迟或早都会了解到这种行为。因为达到相应年龄的男性无人不知,这就是证据。即使偶然会有自制力强的人不搞自慰,也不会不知道这种方式。

总而言之,虽说伸夫自己有了这些发现,不过大家上初中后在阴茎发育到一定程度似乎都会无师自通。

换句话说,年轻的自然活力会使人下意识地把手伸向那里并领悟到自慰的方式。

如此看来,或许可以说男性的自慰接近于自然行为。

不过,还只是初中生的伸夫当然无暇考虑这些道理。

他一方面在享受自慰所带来的快感,而另一方面却依然无法从罪恶感中逃脱。

自己是在做坏事,对父母都难以启齿。做出了这种事情,自己会很快变成散漫堕落的男人。照此下去脑筋会越来越差,学习成绩肯定也会下降。

不过说实话,为什么自慰就是坏事,伸夫却并不明白。虽然他也听说过自慰行为不好,但其依据却仍不清楚。

尽管如此,他也不可能找人问清依据。

对谁都羞于启齿却又不能询问究竟,看来这恰恰是坏事的证明。如果真是正当行为的话,就应该可以堂堂正正地向任何人询问,没有必要遮遮掩掩。既然大家都秘而不宣、讳莫如深,那就肯定是坏事。

想到这里,伸夫忆起儿时摆弄那个物件被母亲责骂的经历。

"不许摆弄那个!"

当时的伸夫慌忙收手,而现在却可以尽情抚弄,独自沉浸在愉悦感之中。既然抗逆母亲违反了训诫,这明摆着就是坏事。

此外,他每次自慰时脑瓜都会发懵,难以静心学习。岂止如此,只要想起自慰就会血涌上头,一旦开始当然什么都顾不得考虑,而且结束之后总是感到有些疲劳犯困。

除此之外,高潮后的虚脱感更令他感到做下了坏事中的坏事。不仅每次做完后必定身体疲倦,同时精神也会懒散,感到任何事情都无所谓了。正因为射精的瞬间快感强烈,随之而来的堕落感就更加强烈,甚至觉得自己和世界全都骤然萎缩。

而且在此之后仅仅留下某种反感——又干下了这种事情。只有空虚和懊悔像沉渣般积淀在内心角落里。

随着频次增多,这些感受着实令伸夫心情低落沉郁。他很难受。

但虽说如此,他并不想戒掉自慰。

在享受愉悦感之后,虽然一时觉得做了坏事,但过几天欲望又逐渐强烈起来,就像河里的水位般切实而准确地逐渐涨满。

少年的性欲或许类似于水库蓄水,上游河流与时俱进地充满水库,水位每时每刻都在上涨。在河水全面充满再不能承受的瞬间闸门开启,存水顿时溅起飞沫涌向下游。在宣泄了一定的水量之后,水库便会恢复原先平静的湖面。

如此看来,对于初中生来说,自慰或许应该看作必要的行为。性欲在体内蓄积充溢以至再也无法容纳,于是通过自慰行为进行宣泄以保持正常心态。

如果予以压制，性欲或许就会转化为暴力，使人滑入歧途，以致对周围造成破坏。

不过，伸夫自慰当然并非因为考虑到这些因素。

他自慰只是受到体内奔涌的欲望驱动，之后却产生了罪恶意识而一时情绪低落。时隔数日欲望再次高涨，他又难以抗拒快感的诱惑而重复这种行为。

伸夫初识自慰已过一月，沉湎于其中的方式也基本成型了。

例如，如果是在白天他就盘腿坐在桌前，并将左手放在桌面上。

这种姿势的背影貌似正在用功学习，微微驼背俯视桌面就像在认真读书。如果说到略有不同之处，那就是右手伸进桌下前臂频频摆动。还有就是有时会忘记天色已暗，依然全神贯注似的面对书桌。

伸夫以这种姿势做自慰动作，而听觉却毫不松懈地注意背后的隔扇门。

所幸的是，因为房间在二楼，所以一旦有人上楼就会听到脚步声。听到有人走近他就立刻遮掩前裆，合上正在偷看的杂志。为了应急，还可以事先把课本和笔记本放在旁边，紧要关头就用它们盖住色情杂志。

不过，有时由于自慰过于陶醉或对方脚步声极弱，可能有人来到门外都难以觉察。为防万一，伸夫就在膝头放上膝毯或毛巾，一旦有情况就用它盖住下半身。

晚上进了被窝，他会在确认邻屋姐姐已经睡着之后再开始，有时也会在早上醒来后进行。

最初阶段由于恐惧而四五天自慰一次，熟练之后就两三天一次，有时每天都会自慰。

其他小伙伴怎么样呢？伸夫虽然很想知道却羞于询问。另外，他还特别担心弄脏内裤，所以每次自慰时都用毛巾垫在下身，尽量不把内裤弄脏。但尽管如此，内裤上还是会留下斑点。

估计母亲在洗衣物时已经发现，但不知为何从未提起过。难道连母亲都难以启齿吗？还是母亲根本就没有发现？伸夫曾偷窥母亲清洗内裤时的表情，却没发现任何异常。

"伸夫，内衣要常换，必须保持清洁哦！"

母亲放大嗓门提醒。伸夫觉得母亲太不照顾自己面子，顿时来气，而且越来越少言寡语了。

七

确实如此，学会自慰的少年渐渐变成了少言寡语、态度冷淡的男子。做下某种坏事的罪恶意识使他自动躲避父母，将自己关在贝壳当中。

就在那个时期，一位著名女评论家撰写了《少年期》并成为畅销书。作者既是母亲又是教育家，她根据自己实际培养男孩的经历，分析了少年期的心理和感情变化，给那些不曾考虑过孩子心理的父母带来了强烈的冲击。

不过,那本书是否描述了真实的少年心理呢? 换句话说,母亲作为女性真能了解少年的心理吗?

过了一段时间,受到如潮好评的煽动,伸夫也悄悄阅读过那本书。悄悄的说法未免怪异,可是作为一名少年,他阅读描写少年心理的书籍确实有些难为情。他感觉不太舒服,就像从内心受到了挑弄。

读过之后,他觉得书中既有说对的地方也有说错的地方。最重要的是,少年的心理既不像书中写的那么理论性强,也没有那么深刻,而是更加单纯且现实,却又相当复杂。总而言之,由于混沌无头绪而难以把握要领。

仅有一点十分明确,就是在那毛毛躁躁的不安情绪当中,少年们全都怀揣着已经白热化的炸弹。

可能由于是异性,所以母亲看少年的眼光过于温和而美丽,深信少年既纯真又无邪。

然而,其实少年并非那样纯真。他们表面看似无邪实为无知,只要稍长个心眼就随时都会干坏事。如果确实纯真无邪的话,这孩子要么就是个缺心眼,要么就是个满脑子坏主意的伪善者。

至少从学会自慰时起,少年就不再可能纯真无邪了。他会天天沉湎于腥臊味之中,还会在体内涌现的冲动和懊悔之间来回摇摆。而且,为了遮掩这种冲动,少年天天都得撒谎。

但是,如果站在少年的立场上来看,他们却并非自甘堕落而是百般无奈。如果换一种看法,或许可以说是肉体在强迫他们撒谎。

不过,正因为撒谎是以肉体为基础,那么所有的少年就都无法躲避,甚至可以说它是一种必要的罪恶。而且正因如此,尽管也会产生不痛不痒的懊悔或听到他人的忠告,却都不可能轻易戒掉。

为遮掩自慰的撒谎日渐膨胀而深刻,并且隐藏在心底。

少年最害怕这个秘密被母亲知道。这个秘密他绝对不想让母亲知道,于是为了遮掩而绞尽了脑汁费尽了心思。

如果不去探究这个最大的秘密,那么即便描述了少年期的烦恼,最终恐怕也只能是说些表面的漂亮话而已。

在学会自慰之后,伸夫撒起谎来也越来越丰富多彩了。

以前即使撒谎也都很幼稚,例如偷偷去临院采樱桃了,去禁止游泳的水域游泳了等等。这类谎言即使万一被戳穿,只需道歉说声"对不起"或辩解说"是某君来叫我去的"就能蒙混过关。

但是,对于自慰行为撒谎就不那么简单了。

不知是幸运还是不幸,这类谎言从未被戳穿过。而即便被戳穿了,母亲也会像往常那样只是稍微教训一下吗?

母亲大概会惊慌失措一时不知说什么好吧?母亲即使要教训也不会直接触及那件事情吧?

这种相互难以启齿、暗藏于心的状态正是性秘密的特征。正因为具有这种特征,才可以说撒谎是必要的罪恶。

在自慰已经常态化的同时,伸夫开始购买有关性行为的书和杂志了。

当时日本刚刚战败，以前被限制的书刊被一举解放出来，街巷中到处可见登载色情荒诞花边新闻的杂志和报纸。其中既有较为正统的如《夫妻生活》《恋爱》等书籍，也有小题大做捏造渲染男女事件的猎奇报道。

市中心的大型书店过于显眼，于是伸夫就去市区边缘的书店或屋檐已开始倾斜的旧书店，在那里可以放心地买书。

由于都是小型书店，所以看店的往往只有一个人。不过，如果是男店主的话，恐怕就会被看透来店企图，所以还是不好意思出手。但如果是女店主，最好是老阿婆，这样的书店就能无所顾忌地买书了。

从伸夫家经过南六条朝东有家电影院叫"美登纪"，旁边小巷里有家不到四平方米的"一杯饮"小酒馆，斜对面就有家旧书店，由早已年过六十的阿婆和她三十岁左右的女儿轮换看店。书店面积三十多平方米，左侧书架上堆着一块钱一本的旧书。

伸夫在晚上穿着夹克衫骑自行车去那家书店。快到书店时，伸夫把自行车放在离书店二三十米远的位置，然后装出路过这里顺便看看的样子若无其事地进了店门。

阿婆一般都会坐在像澡堂收款台那样高出一截的位置，戴着老花镜或者看书或者听收音机。如果是她女儿，就么在织毛线活儿，要么在跟貌似男友的三十多岁男子大声谈笑。

伸夫一边留意她们的侧脸一边站在了书架前。

伸夫知道，那些载有女性裸体插图和色情报道的杂志就摆在前边右下方，但他进店后并不急于直奔主题。

他先是站在摆着日本文学全集、世界历史和植物图谱之类的书架前看看，然后视线转向普通小说的书架，取下一两本来装出阅读的样子，然后慢慢向色情杂志那边靠近。

不过，如果那里已有其他顾客就不太容易靠近了。这时他先观察一下顾客的相貌和装束，若是陌生人便可放心。可他还是没有勇气跟别人站在一起浏览杂志。

他很希望那个男顾客走开，或者要买就赶快买，不买就出去。他等得急不可耐，而那个男顾客却根本没有要离开的意思。

好不容易等到那个男顾客走了，伸夫心想时机已到，可又有别的顾客进来并大模大样地占据了那个位置。

最恬不知耻的就是喝过几杯酒之后进来的泥瓦匠小哥，他边打酒嗝边悠然自得地浏览裸体插图。不过，由于当时裸照尚未解禁，所以并未暴露某些局部。而且，当时照片的印刷技术尚不成熟，纸张质量也差，女人的身体也较为瘦弱。

但是不知何故，那个时期的插图和报道似乎特别生动而富于震撼力。

当然，伸夫已到十五岁，只要是色情方面的图文都会引起性兴奋。因此，那种所谓"酒糟杂志"的整个页面都充斥着从长期战争压抑下解放出来的喜悦和热浪。虽说如此，由于那类杂志尚属未获公民权的非公开渺小存在，所以也可以说更为这类杂志营造出备受压抑的淫靡氛围。

泥瓦匠小哥大模大样地浏览过那类报道之后，大声说句"哎，我要这本和这本"就满不在乎地买走了杂志。由于顾客过于大模大样，所以店家似乎也受到感染一本正经地回应"多谢惠顾"，丝毫看不到"这男人是个色鬼"之类的厌恶神色。

伸夫虽然也想如法行动，可到了跟前却还是不敢大声讲话。不管怎么说，由于一看便知自己是未成年人，所以他总是底气不足。

泥瓦匠小哥离去，这回只剩自己了，伸夫就慢慢地向色情杂志那边靠近，并装出不经意偶然看到的样子停下脚步。

他再次确认周围没人，随即像馋猫偷鱼般迅速拿起色情杂志。

说实在话，当时只要是色情杂志就什么都行。哪怕照片不清晰、报道荒诞无稽，只要属于那种内容即可充分满足需求。

实际上，伸夫只是把杂志拿在手中就开始呼吸急促，翻页的手也在微微颤抖。

虽说如此，他却故意慢条斯理，那样子像是在说"这有什么稀奇的呀"。

不过，尽管伸夫做出这种姿态，店家却似乎早已看透他的心思，并对他的故作姿态毫无兴趣。

他们肯定想说"你想看色情杂志就赶快买了走吧"。

阿婆依然坐在最里边的中央位置，用毛毯裹住腰以下的部位，插着耳机在听广播。

伸夫不失时机地确认了杂志的价格。

杂志虽因过期稍稍便宜，但这类杂志绝不会轻易跌价，用零花钱倒也够买上一本。伸夫犹豫片刻，选中了载有女人挺起裆胯照片的那本。

他本来可以直接拿到柜台去，可因为刚进店时先在文学全集前转悠了一阵，所以如果现在只买一本色情杂志的话，实在有些难为情。

伸夫百般无奈，就又找了一本封皮磨破、后面盖着"宫田藏书"印章的文库本，摞在色情杂志上一起拿了过去。

阿婆像是刚刚发觉般抬起头来，随即依次确认封底价格并用粗纸包起书来。

阿婆手上的动作慢吞吞，简直太啰唆了，赶快把书递过来嘛！要是再有顾客进来怎么办？伸夫焦急不安，可对方还是那样不慌不忙。

书终于包好了，阿婆说"一块五"，伸夫赶快从衣兜里掏出两张皱巴巴的一块钱纸币。

伸夫接过找零，随即一溜烟窜出店门跨上了自行车。他蹬车驶过夜幕下的街道，心中兴奋地喊"买到啦、买到啦"。

又买到黄书啦！这回要看着它尽情享受一番。虽然家就在眼前，可是来到亮着路灯的地方他就想停下来看看。他抵抗着诱惑拼命向家疾驰，也不在乎润滑不好的旧自行车越蹬越重。伸夫的脑袋里因为今晚的好事已经变成了蔷薇色。

买书已相当辛苦，而买书之后辛苦依然持续。

眼下黄书是最重要的宝贝。以前那些珍藏在抽斗里的昆虫标本、玻璃球和纪念章之类与黄书相比，简直太小儿科、太缺乏色彩了。

但是，这回的宝贝绝对不能让母亲看到，如果看书时不留神，母亲也许会惊讶得当场昏倒。

伸夫慎重地考虑藏匿黄书的地方。

自己去学校后母亲肯定要进房间清扫，因为她爱管事，所以可能会翻遍所有的角落。一个月前，母亲找出伸夫自慰后藏在壁柜角落里的脏内裤洗了。本来伸夫不自己洗衣服，所以当然要由母亲来洗。可是，母亲把藏起来的内裤都洗了，这令伸夫十分生气。自己就是因为害臊才把内裤藏起来，所以母亲即使发现也应该佯作不知。可母亲却满不在乎地翻出来洗了，实在讨厌。

伸夫现在最想要的就是带锁的抽斗，有了它就能藏匿黄书。

但是，如果换个思路来看，抽斗上锁就等于自动显示里面藏着重要物品，反倒容易引起怀疑。要不干脆就放在稀松平常的位置倒不显眼，或许不会引起注意。

考虑到最后，伸夫决定就放在右边的抽斗里，夹在笔记本和记录纸下面的文件夹里。因为色情杂志几乎都是十六开，所以夹在稍大的文件夹里就不会被看见。而且前后都有几张洋纸夹着，这就是双重防护了。再加上文件夹与摞在上面的笔记本等位置相对固定，所以母亲应该看不出什么变化来。

这样就不必担心被发现，伸夫终于放心地去上学了。可他放学后一回到家就径直去拉开抽斗，看到文件夹封皮原样未动就放了心，像是占了多大的便宜。

正因为买书藏书如此辛苦，所以感觉黄书更加魅力无穷，其猥亵性和刺激性是以前的辞典和描写女性的小说所无法比拟的。只看一眼，不，只是想起那本书，伸夫的下体就开始发热发胀。

同一本书看过多次之后，他就能把哪页写着什么以及哪页有什么照片插图都记住，报道的内容也几乎都能记下来，但即便如此他也从不会感到餍足。

说句不好听的话，有一本黄书就足够快活一个月了。

但虽说如此，伸夫仍未了解真正的男女性事。

他只知道那就是成年男女裸体相抱，男人把阴茎插入女人的下体。但那对于毫无经验的伸夫来说，简直就是可耻至极的行为，只有那些远在天边与己无关的人们才能做得出来。

父母是夫妻当然会有性关系，但实在难以想象他们搂抱在一起的情景。

而且，虽然男女搂抱在一起时似乎感觉很爽，但也毕竟只是男方，而女方却总像是在抗拒。因为根据书上所看到的描述，男方毫无例外都是"侵犯""占有"和"撕破内裤"等行为，而女方则是"惨叫""遭袭""哭泣""被杀"等内容占了绝大多数。偶尔有"夫妻和合""女人的愉悦"等词语，伸夫也搞不清是什么感觉。

在性事当中，男方绝大多数都是暴力性的，而女方却只让人感到像是被迫顺从的可怜角色。

伸夫对于实际的性也毫无认识。书中偶尔会出现关于男女生殖器的图解，但对于女性生殖器图解却感到像是某种复杂器材的分解图。尽管书中写着"大阴唇""小阴唇""阴蒂"等等，但那些器官具有什么实际意义、在男人插入时产生什么作用却无从得知。

将书中看到的男性器官与自己的作比较倒也能知道个大概,可对于眼前挺起的阴茎中有海绵体、阴囊中包着睾丸这种事却难以立即相信。

更别说在女性生殖器深处有子宫、向左右伸出输卵管、先端还有卵巢这些描述,它们与现实距离更远,就像在阅读与性无关的科技知识。

伸夫这种程度的认识既不过早也不过迟,作为初二的学生极为普遍。

不过,其中也会出现稀有的、出类拔萃的博学者。

坐在伸夫斜前方座位上的男生姓安井,或许由于他住在札幌最繁华的狸小路,家里又是开杂货店的,虽然貌似良家公子却意外早熟。还有流言说他有个刚从女校毕业的美女姐姐,占领军的军官正在向她求婚。

有一天,那位安井君突然问伸夫"你家弟兄几个"。

"三个呀!"

听到伸夫回答,安井君满脸得意地点了点头。

"那最少干了三回啊!"

伸夫一时不知所云,但因为安井君冷笑了一声,伸夫便觉察到他是在说男女之事。

"那种事情……"

伸夫含糊其词。

确实像安井君所说,因为自己是姐弟三人,所以自己的父母不干三回便不合情理了。

不过,伸夫却由此感到自己的父母受到了极大侮辱,他不愿想象父母是做了黄书上写的那种事情生下了姐弟三人。

说实在话,伸夫甚至连生孩子都搞不清是怎么回事。

孩子是从哪里生出来的?假如有人提出这种问题的话,他还不至于幼稚到老实回答"从肚子里"。虽然他能够想象到可能不会那么简单,却还是难以确切回答。

"你知道吧?"

安井君的娃娃脸上又浮起自鸣得意的笑容。伸夫觉得如果自己说"不知道"就太没面子了,于是含糊地点头回答"啊……"。

"真想不到,居然是从那种地方出来的。"

伸夫一瞬间感到自己做了什么坏事,便赶紧低下头来。

果然如此啊!虽然原想大概如此,可真不敢相信孩子能从那种地方生出来。

"女人真够厉害呀!"

伸夫微微点头,但还是反感安井君那种说法。如果真是从下边生出来的话,女人确实堪称怪物。可是,他实在不愿把母亲也想象成那样。如果真像安井君说的那样,就等于母亲做过三回怪物般的事情。

但是,不管伸夫喜欢与否,性知识都在确确实实地输入大脑。

即使在同学当中,稍有性知识的人也在不觉之中为此自鸣得意,感觉高人一等。而其他伙伴则会仰视那个男生。

这与学习成绩好、受到大家敬重的伙伴稍有不同，感觉像是更加了解男人的世界，令人脊背发冷。

岛野君就是透着这种感觉的男生之一。他身材矮小、脖子短，稍稍驼背，其貌不扬。再加上他留着寸头，乍一看像是个游手好闲的木匠。不过，在他那种从低伏角度仰视的目光中，含有猛兽般的精悍。

虽然岛野君自己从未提过，但听说他父亲在帮派争斗中丧生，自己现在寄居在叔叔家中。而且听说他叔叔也与帮派有关联，岛野君为了免遭暗算，总是厚厚地裹着腹带。

伸夫几乎从未跟岛野君说过话。本来岛野君就跟混混内山和村崎等人较为亲密，而很少跟伸夫这种普通同学交谈。

只有一次，在选修课地学考试时，伸夫偶然与岛野君并排而坐。当时岛野君也只是轻轻地说了声"你早"，考试就开始了。

地学是伸夫较为擅长的科目，所以他立即动笔答题。后来他偶尔向旁边瞟了一眼，只见岛野君依然交抱臂肘，试卷几乎还是白纸一张。

岛野君本来脑筋并不愚笨，但可能是由于家庭环境影响了学习，成绩总不是很好。他常常因迟到而被罚站在教室角落，但他也总是遵命老老实实地站着纹丝不动，在没能完成家庭作业时也总是坦白地说"没做完"。

伸夫深受岛野君少言寡语、从不辩解的态度吸引，而且现在他也泰然自若，丝毫没有流露出希望伸夫让他看答案的神色。

伸夫心生同情，便把答卷露出来让他看。

最初岛野君并未注意到，过了片刻他干咳一声就拿起铅笔开始写了。

伸夫知道岛野君在抄他的答案突然担心起来，害怕过后有可能因为合伙作弊遭到训斥。但是，让岛野君看答案的是自己，所以现在又不能制止。而且，伸夫的内心还在为能帮助岛野君感到骄傲。于是，他怀着同甘共苦的心情让岛野君全部看完。

考试结束时间到了，交卷之后岛野君对伸夫只说了一句"谢谢"。

岛野君向伸夫亲切搭话仅此一次，但从那以后，他望着伸夫的目光似乎温和起来。

不过，从那以后两人并未单独交谈过。在暑假结束时，岛野君忽然在运动场上递给伸夫一个白纸包。

"愿意就看看吧！"

伸夫不知里面是什么东西，一脸茫然地接过了纸包。岛野君照旧驼着背快步离去。

只剩自己一人时伸夫打开白纸包，里面出现了一本誊印版的粗纸小册子。

封面上写着《源平男女盛衰记》①的书名。

伸夫感到不可思议，翻开封皮就大吃一惊。

---

①日本镰仓时代中期到末期的古典军事文学名著。"源"指源氏家族，"平"指平氏家族。

书中刚开始就是男女搂抱在一起的插图，虽然女子好像身穿十二单衣，而前面却敞胸露怀，那个部位还插着像用粗绳拧成样的男根。

而且，书中从开始就密密匝匝地写着淫猥的对话，其间还夹杂着淫声浪气类的描写。

伸夫慌忙合上书，目光朝走向棒球场的岛野君的驼背追去。

这是上次考试让他看答案的谢礼吗？

这种东西可不能随便在众人面前显摆，万一被人知道恐怕会受到重罚。这可是自己眼下最想要的东西。

伸夫又翻看了一下就赶快合起书来，真心感谢岛野的好意。

八

初中生里的明星有两种类型。

第一类自然是学习成绩好的孩子，如果不仅学习成绩优秀连模样也长得帅，那就近乎完美了。而且，如果能以"我没怎么用功"的态度跟所有的同学都轻松交谈的话，那就更受欢迎了。

不过，这类明星多为态度严肃认真的孩子，因为老师的评价也很高，所以或许堪称体制派明星。

与此不同，学习成绩较差的所谓反体制派中也有明星。他们大都附属于差生团伙和不良少年团伙，是校方加以注意的学生。他们既然标榜为反体制派，就要不分好歹地反驳一切，直言不讳地提出异议并博得喝彩,搞些奇思异想的恶作剧引得同伙们哄堂大笑。其中还有人早已俨然混世魔王,貌似深知男女和世间之事,得到一般同学们的仰视。

岛野君正是这种反体制派团伙中的明星。他父亲就曾经是帮派分子,而他自己也是留着大人发型、猫腰驼背,架势就像帮派中的喽啰一样。

当然,在那个年代,不管是什么样的不良学生,都不会对老师施加暴力。即使因为做坏事暴露受到训斥,也只是低着头一声不吭。在这一点上,当时的落后生或许更善于看场合行事,也显得更有大人样。

总而言之,通过接近岛野君,伸夫感到心情振奋起来了。

伸夫以前在优等生团伙中也有好几个亲密朋友,而接近不良团伙这还是第一次。而且,对方又是在那个团伙中都被刮目相看的岛野君。

在接近岛野君之后,伸夫感到自己突然变得强大起来。

虽说如此,他却不想直接加入他们的团伙。就算被他们接纳,以伸夫的膂力和魄力根本不能与之匹敌,倒不如还像上次那样,在岛野考试不会做题时悄悄告诉他,以这种方式助他一臂之力较为妥当。

伸夫为自己能给岛野君提供帮助感到高兴。虽说膂力和魄力尚有不足,但在学习方面却多少有些自信。只要从这方面接近岛野君,伸夫既不失体面,也不会被卷入他们的团伙。

这且不说,岛野君给他的书确实充满了刺激性。那本书封面只在淡粉色软纸上写着《源平男女盛衰记》,既无作者名称亦无出版社名称。而且书页用的是草纸誊印版,多处还有手绘插图。虽然号称书籍,却是只有三十页的所谓自制手册。

可是,书的内容却从开头就充满了性描写,而且从第一页就直接进入男女秘事。虽说封面上写的"源平盛衰记",可里面却几乎没有历史方面的内容,全都是平清盛[①]以各种方式与朝臣家的公主及戏子发生关系。甚至还有源赖朝、源义经和静御前[②]登场,反复多次地发生淫荡行为。

伸夫虽然以前也看过几本黄书,即使标题和目录特别抢眼,但关键的性爱场面却含混不清。与其相比,这本书从男女对话到淫声浪气都描述得十分逼真,充满了冲击力。

伸夫回到家里开卷阅读,于是浑身冒汗脑袋发胀,根本无法着手学习。

"原来如此啊……"

伸夫一口气读完书后发出感叹。

男女在做那种事时会说这种枕边话,做这种淫荡事,发出这种尖叫!

那些以前只是在想象中考虑的事情突然以天然的色彩清晰地浮

---

①平清盛,日本平安时代末期的武将和公卿,在"平治之乱"中击败源氏势力,建立平氏政权。

②源赖朝是当时的武将和政治家,源义经是源赖朝的异母兄弟。静御前是当时的歌舞"白拍子"的女艺人。

现在眼前,伸夫惊讶不已。

"真够刺激呀……"

伸夫嘟囔了一句,随即想起了岛野君的面孔。

"那小子们总是在看这种书啊……"

他们常常在上课时传看书籍,大都是在历史、社会等老师不会指名提问的课堂上,就把那些可疑书本压在课本或笔记本下边偷看。

伸夫他们也隐约有所耳闻——那都是特别黄的黄书。

不过,那种书绝不会传到一般同学手上,大都是在以岛野君为中心的七八人团伙之间。

伸夫虽曾想看那些书却没能说出口,因为如果说出"让我看看"并真的看了的话,就等于加入了他们的团伙。

伸夫想看那种书却害怕加入他们的团伙,就在远处望着他们偷偷看书的情景。

尽管如此,依然偶然会有团伙之外的人偷看到那种禁书,安井君也是其中之一。他可能是在暗中巧妙地讨好他们,并在上课时偷偷传看。

"真够刺激!看着看着脑袋就不对劲儿了,根本听不见教书先生的声音。"安井君难掩兴奋地说道,"看过那个,就觉得街上卖的黄书简直没法儿看了。"

安井君明明只是扫了几眼,可说起话来就像成了大人。

伸夫只是默默地听着,虽然真想知道具体的内容,可在周围吵吵闹闹的课间休息当中,那种事情就是问了也未必能说得清楚。而且,伸夫看到安井君越来越得意,心里也很窝火。

真想有一天不受任何干扰好好地看看……

这个希望现在终于得以实现,而且结果比想象中更富于刺激性。

那小子们上课时看的就是这种书呀!

伸夫刚开始读时浑身血涌上头,别的什么都顾不上考虑了。可他们却边读边嘻嘻偷笑,合起书来还坦然自若地谈论。

明明是同龄人,可为什么他们就能坦然自若呢?

岛野君的态度更令伸夫惊奇,只有他从未在上课时看过那种书。虽然其他同伙看得入迷,可他却要么若无其事地听老师讲课,要么交抱臂肘打盹。可能是因为他已经看腻了黄书,所以对此几乎不屑一顾。

那小子到底是与众不同。

伸夫对岛野君那种成年人般的态度钦佩有加,同时对岛野所营造的帮派圈子感到了几分向往和畏惧。

九

从伸夫上初中的一九四六年到毕业的一九四九年,正是日本处于战后最混乱的时期。

粮食匮乏,大米实施配给制,无论去哪里都是凭票供应。流浪汉屯聚街道,车站的长凳总是被他们占据。由于在澡堂里稍好的鞋子和毛衣都会被偷走,所以必须收进衣筐锁在存衣柜里,然后把带皮圈的柜门钥匙套在手腕或脚腕上。街上几乎没有路灯,偶尔在市区装上灯泡,可当天就会被偷走。自行车失窃事件频发也是在这个时期。

不过,即使是在如此贫困的环境当中,人们的性欲却不会衰减。不,岂能衰减,在贫穷中崛起时,性的欲望总是更加强烈。

伸夫清楚地看到出卖肉体的女子是在上初二的时候。从薄野①的繁华街尽头南五条一带向东向西几百米,都可以看到那些女子就站在街边的暗处。

在黄昏稍迟时经过那里,就能看见烫了头发、脖间缠着花哨纱巾的女子们倚在路灯下抽着烟招呼过路的男人。

据说她们多数都是以占领军为交易对象的娼妇,但好像也有跟日本人做生意的。因为伸夫曾听朋友说,他跟父亲一起路过那里时,父亲还被那些女人叫住过。

“在大白天都有人跟占领军亲嘴呢!”

依然是消息灵通的安井君如此告知伸夫。

伸夫每次听到这些情况,都会禁不住诱惑想去那个有站街女的地方看看。

亲嘴到底是怎么搞的?说实在话,伸夫还没看到过现场实况。听说在外国经常搞这种事情,但他还没跟老外打过交道,而且父母当然也不会当着他的面搞这个。即使伸夫不在场,父母也不可能搞这个。

---

①日本札幌市的中心娱乐区。

"上次吧,还有个女人在我眼前撩起裙子穿袜子呢!"

女人露出光腿穿袜子的姿态实在够刺激。当然,这种程度的动作姐姐似乎也会做,可姐姐的样子看了却不会引起兴奋。

"那些娘们儿来回溜达,好像都有自己的地盘呢!"

伸夫听安井君这样说,心里就期待他带自己去,可安井君却根本没那个意思。虽说如此,伸夫却不愿主动请求安井君"带我去吧"。

学习方面暂且不论,一旦在性方面向对方求教,感觉就像从此拜在了对方门下。如果学习落后还能努力赶上,但性知识落后的人可能一生都抬不起头来。

九月底的星期天,伸夫趁上街去了一趟薄野。时间已过五点钟,周围有些昏暗,风有些凉。从站前大街下去,走过五条时行人骤然减少,前方只能看到街角杂货店的灯光和"三和旅馆"的红色霓虹灯。霓虹灯的斜对面是稻荷神社,神灯的火苗在风中摇曳,前面向右拐是在昏暗中延伸的石墙。

听安井君说,占领军的"伴伴女郎"就在沿墙路边。

可是,好不容易来一趟,却看不到那种打扮的女子。

是不是时间太早?伸夫环视周围继续向前,这时右边小巷里出来一个女子。她的头发烫得像蜘蛛窝,肩挎皮包走向站前大街。伸夫目送那个女子远去,后边一辆人力车疾驰而来,又有个女子提着篮子在瑟瑟凉风中缩着肩膀走了。周围普通民居之间似乎坐落着几家旅馆,却不见行人来往,只有秋风穿过夜幕降临的街道。

难道安井君说的不是这里吗?伸夫有些扫兴,再次环视周围,却见街角杂煮店旁暗处站着两个女子。其中一个右手夹着香烟，另一个把左脚轻轻蹬在石阶上。在昏暗中也能看到她们涂着浓厚的口红，身穿花哨衣服，显然不是普通女子。

两人刚才像是在谈论什么，当伸夫走近时就停下来望着这边。

伸夫顿时感到恐惧，随即快步离开她们。径直走了四五十米回头再看，已经不见那两个女子的身影。

伸夫怀着一半放松一半被忽悠了的心情朝行人较多的电车大街赶去。

说实在话，伸夫并不清楚所谓"卖淫"究竟是怎么回事。

看过几本黄书以及厕所涂鸦之后，他明白了男人和女人干的事情，女性身体局部的解剖图也记得很清楚，甚至能随手画出图来。

但是，说到在现实当中去找女人买春，他却根本不知道该怎样交涉，在房间里只有两人时该怎么做。即使他知道要把自己那个东西插入女性的下体，但具体步骤却无从知晓。

他独自去观望伴伴女郎也只是出于对她们外貌的好奇心，近乎于去动物园观看珍禽异兽。当然，他丝毫不想接近对方。

虽说如此，他对受到对方的藐视却有些不满。

自己确实还只是个初中生，但至少也该打个招呼吧？

可她们却向自己投来充满狐疑的目光，似乎在说一个小屁孩怎么误撞到这种地方来了？

虽说如此，可如果她们真的打了招呼，伸夫也许会一溜烟地逃走。因为他仅仅被两个女子盯着看，就会感到后脖颈被抓住一般惶恐不安。

伸夫更加佩服能够花钱找那种妖艳女子买春的男人了。

自己一看到那种女人就吓得抱头鼠窜，而成年男人真能摁住那种女人满足欲望吗？

倘若没有相当的胆量和勇气根本做不到。如果自己真能做那种事情的话，感觉该会有多棒呀！

伸夫即使真的看到了伴伴女郎，依然仅仅感到她们都是另一个遥远世界的女性。

伸夫即使拥有足够买春的金钱，也是只看一眼就感到满足，憋闷的欲望重又返回孤独而谨慎的自慰世界中去。

确实如此，如果是自慰的话就不必那样操心费神，也不必考虑对手如何。只有自慰是不会受到任何人打扰的、仅仅属于自己的世界。

但是，从初二那年秋季开始，伸夫对自慰开始产生疑问了。

其原因之一就是担心做这种事情会使学习成绩下降。

这种担心并非刚刚产生，从初识自慰起就存在于大脑的角落里，只是当时被意外的快感冲昏了头脑，无暇思考其善与恶。

然而，如今却已不同于当初，最可怕的就是自慰行为带来的昏昏沉沉的虚脱感。当然，在射精的瞬间会产生升天般飘飘欲仙的快感，可到达巅峰之后的抑郁状态却相当严重：突然浑身无力、眼皮沉重、仿佛坠入十八层地狱的空虚感笼罩全身。

在昏沉之中感到惶惑不安，好像以前所学的东西全都忘掉，记忆力再也不能恢复。

事实上伸夫第二学期的成绩明显开始下降。

当然,这也未必能够完全归咎于自慰行为。伸夫在暑期常去游泳场,还帮母亲外出采购粮食,在自家小院里帮着做农活。他对很多事物都产生了兴趣,博览群书、初次观剧,观看职业棒球比赛也相当投入。虽然诸多原因都有关联,但自慰的影响也不可忽视。

夜晚,独自在房间里触摸那个部位,学校的事情就变得无关紧要,消失在远方。而且在自慰之后浑身瘫软,需要休息很长时间才能恢复精力开始学习,有时嫌麻烦就直接睡觉了。

在这方面耗费的时间和精力不可小觑,其实在某本书中就载有关于自慰使学习成绩急剧下降的自白文章。

岛野君他们学习成绩较差或许就是因为自慰过度……

伸夫还有一个担心——过度玩弄会使阴茎发育迟缓。

伸夫还没跟同学们比过,在小学低年级时做的那些事情暂且不提,上初中后就不能再搞那种儿戏了。

不过,在澡堂和游泳场的更衣室里,他却偷看过同龄伙伴的那个物件。

乍看上去自己的似乎跟他们没什么两样,虽然不大也不算太小,也就跟普通人一样。

但是,根据某本书中介绍,男性最重要的是勃起时大小如何,跟平时的状态没太大关系。还有一本书中介绍,把明信片卷起的状态就是日本人阴茎的标准尺寸。

伸夫重新观察自己裆间翘起的物件。

看样子并没有明信片卷起来那么大，毕竟现在还是初中生。再过四五年高中毕业时，应该能够达到标准。

不过，另有书中介绍"太早过度自慰对阴茎发育不好"。

这是真的吗？如果确实如此的话，早熟的岛野君他们就应该都比较小。

但是，伸夫认为他们的并不算小。虽然没有亲眼见过，但他们的同伙相原等人曾夸口说"因为太大碍事还得用兜裆布勒紧"。

难道这些记述都是为了劝阻自慰行为？就像小时候有人想阻止就吓唬说"刚吃完饭就躺下会变成牛"一样。

但尽管如此，写那种事仅仅是为了劝阻吗？虽说是黄书，却也是较为正统的《夫妻生活》花边新闻，所以未必是虚构。

如果它不再长大该如何是好？

想到这里，伸夫愈发忧心忡忡了。

尽管在现实当中不可能与女性发生关系，但伸夫还是希望长得更大些。这个愿望并非现在刚刚产生，懂事之后的男孩应该都有。

不过，那个部位的体毛发育却并不迟缓……

近来去澡堂时就会看见同学们都开始捂着下体，从更衣室到浴池、从浴池出来坐在池边都一定要用汗巾捂住下体。这既有阴茎长大的原因，更是由于阴毛也开始长出。

在自己那个部位长出体毛之后，少年不知何故会产生既骄傲又害羞的奇妙感觉。在切实感到自己由此终于接近成年人的同时，又觉得那个部位变得猥亵不堪。

"哎,你那儿长出来了吧?"

在一个月之前,安井君曾经这样问过。当时,伸夫只是含糊地点了点头。虽然他想明确回答"长啦",又觉得安井君接下来会说"那就让我看看"。他还感到突然问起长毛的安井君总爱暴露别人的弱点,心里便有些不快。

"岛野君吧,说他那儿已经漆黑一片了。"

"你真的看见了?"

"是相原君说的,所以不会有错儿!"

伸夫想起当时的对话就独自点了点头。

果然是早摆弄的家伙长毛也早……

尽管比不上岛野君,但伸夫长毛的时间与常人相仿,所以他那个物件的大小或许也与常人相仿。

伸夫如此安慰自己,但仍未完全放下心来。

"再不能做那种事儿了!"

伸夫在心中告诫自己,却几乎没有信心严格实行。

十

初中时代给伸夫心中留下了几段性的回忆。那些事在当时还模糊不清,并不觉得具有什么意义,仅仅感到有些奇怪,因此没有产生过深入思索的冲动。

然而，心中感到奇怪却是毫无疑问的事实，而且长期留在记忆当中。所以，从这一点来看，那些事本身确实印象深刻。

明确地讲，那个时期伸夫非常胆小。家里房子本来并不很大，可他晚上却不敢独自去厕所。另外，在冬天傍晚独自留守家中时也会忐忑不安，感到会被雪的魔力抓走。

他白天在学校里跟同学们撒欢闹腾，看上去实在想象不出一到晚上就会如此怯懦。母亲常常叱骂他说"亏你还是个男孩子……"。

确实如此，在大四岁的姐姐和小七岁的弟弟眼里，他简直太软弱了。

可是，在那个时期伸夫脑袋里充满了形形色色的可怕东西。

例如，他在夏祭期间去杂耍戏棚看到了地狱图画和妖怪，在书中读到了鬼故事，听大人和同学们讲了奇怪现象，还有对死亡世界的胡思乱想……林林总总交织重叠。

当伸夫晚上进被窝之后，它们就像养熟的小兽般悄悄来到枕边。

小弟之所以能满不在乎地自己去厕所，是因为他年纪还小真不知道那些惊悚故事。而姐姐似乎由于女性所特有的迟钝，对惊悚故事不屑一顾。可是，伸夫在上初中后见闻骤增，也随之听到了很多惊悚故事。而且，他一旦听过便轻易不会忘掉，还会从中展开更加恐怖的想象翅膀。

明明胆小却越想看更可怕的东西，于是变得越来越胆小。

伸夫记得，当时听说有的家庭全家人挤在一个小房间里睡觉，他还感到特别羡慕。因为如果大家睡在一起，即使深夜有强盗潜入也不会害怕。而且厕所离得很近,如果兄弟多的话总会有一个陪着同去。虽然听说那是由于住房紧张不得已而为之,但伸夫却希望自己家也变成那样。

然而,伸夫家是父母弟弟在一起睡觉,伸夫跟姐姐在二楼睡在各自的房间里。他不愿接受这种就寝方式。

父母堪称全家的顶梁柱,而且都是大人应该无所畏惧,所以根本无需睡在同一个房间里。倒是出于守护孩子们的考虑,父亲跟自己和弟弟、母亲跟姐姐在一起睡觉才合适。

"为什么爸爸和妈妈要在同一个房间里睡觉呢?"

伸夫很想提出这个问题。他倒不是因为想歪了或为了嘲讽,而纯粹是为了从夜晚的恐怖中逃脱。

但不知什么原因,伸夫无法说出口。虽然心里觉得奇怪,可到了跟前却支支吾吾,犹豫到最后只说声"好羡慕弟弟呀"就沉默不语了。

如果问到"为什么沉默"他会穷于应答。这倒也没什么特别的原因和顾虑,只是隐约感到后面的话不该说出而已。

尽管如此,伸夫仍曾一度跟父母在同一个房间里就寝。客厅隔壁就是卧室,记不清是因为偶然钻进铺好的被窝自然睡着,还是因为自己卧室的蚊帐破了,他只在父母旁边睡过一夜。

反正伸夫那天夜里睡在父母旁边,偶然醒来就听见有人在说话。

也不知是在深夜还是在清晨,总之天还没亮确切无疑。他立刻明白那是父亲和母亲在说话,可详细内容现在已经想不起来了。

不过,他隐约记得母亲像是在诉说身体不适,父亲提议去哪里放松静养一段时间。

伸夫没能忘记的是父母说悄悄话的奇妙感觉，虽然就在身边，却像来自天外一般甜蜜而柔和。

伸夫以前从未听过父母这样说话。父亲柔声细气，简直不像男人的嗓音，而母亲则像是几分扭捏几分撒娇。

伸夫一时感到身边说话的不是父母而是别的男女，闭住眼睛浑身紧绷。

他就在那种状态中沉沉睡去。

第二天早上醒来，父母依然以平常的嗓音进行平常的对话。

然而，在伸夫的脑袋里却留下了深夜半睡半醒之间听到的男女对话声。对话内容并不清楚，只有语气的温柔感觉萦绕脑海挥之不去。

那果真是父母的声音吗？会不会是在做梦？虽然越想越觉得不可思议，可那毫无疑问就是自己耳朵听到的声音。

另外，那次确实是在清晨。因为被尿憋醒去厕所时，房檐下的牵牛花正沐浴朝阳，所以毫无疑问。

因为时间还早，伸夫突然改变主意想回到被窝里去，就拨开了父母卧室的隔扇门。

正好母亲已经起来，于是伸夫猛地钻进了母亲的被窝。

"好暖和！"

伸夫喜欢在早上钻进父母的被窝。他为寻求母亲留下的体温刚刚钻进被窝，脚下就触到了冰凉如水的东西。

"好凉!"

伸夫嘟囔着缩回双脚,随即推开了被窝。

这时,本应熟睡的父亲睁开了眼睛,正在更衣的母亲回过头来。

"湿了嘛!"

伸夫眼前的褥单有些皱皱巴巴,中间的位置还有一小片潮湿。

伸夫一时以为可能是父亲或母亲尿床了。

"怎么搞的,还尿床?"

伸夫欲言又止。父母根本不可能尿床,而且即使尿床也不可能只这么一小片。

伸夫在一瞬间想到这些,但并不意味着他已醒悟到那是什么东西。

可是不知何故,他感到不能再问下去。

伸夫慌忙闭嘴,随即躺下盖上被子。他缩起双脚尽量不去碰那片潮湿。

如果可能的话伸夫真想逃出被窝,可刚刚钻进来又不好意思说走就走。如果马上离开的话,"湿了"就具有了某种意义。伸夫为了表示他毫不介意,就躺在被窝里一动不动。

他在被窝里一直睁着眼睛,母亲已经脱掉睡衣换上了和服便装,而父亲依然若无其事地躺着。

过了片刻,母亲拨开隔扇门出去,旋即拿着报纸进来放在父亲枕边。

"伸夫,赶快起来!"

就像被这呼唤声拯救,伸夫赶紧从有些腥臊味的被窝里爬了出来。

十一

说实在话,伸夫对父母已有性关系难以置信,他不认为在现实中父母发生过各种黄书中所描述的淫秽行为。

然而,既然父母已经有了孩子,这毫无疑问就是那种行为的结果。

以前伸夫曾被安井君问到姐弟几个,他在回答时感觉蒙受了莫大的侮辱。即便这是事实,他也不愿想象父母之间曾经发生过性关系。

然而,这毕竟是伸夫的一厢情愿。

客观地考虑,既然父母都是普通人,理所当然会有正常的性关系。可是,与其说他不能坦率地接受这个事实,莫如说他根本不愿意这样想。

当然,他对跟弟弟年龄隔了七岁感到不可思议,所以也曾问过此事。

"其实还有一个,可是因为妈妈身体太弱就拿掉了。"

母亲十分自然地回答,伸夫点了点头。

不过仔细想来,那不就是人工流产,即黄书中经常出现的"堕胎"吗?

由于自己的年龄跟弟弟隔了七岁，因此不能在同一所学校里上学，也不能恪尽兄长的情分。想到从小就怀有的不满就是由此导致的结果，伸夫忽然悲伤起来。而且，如果真是这样的话，那就意味着母亲也做过书中所写那种令人羞臊不堪的手术。黄书中以"妇产科医院里哭泣的女人"为题，对接受手术的女性的实际状态进行了描述。即便情况会有所不同，但想必母亲也曾以那种姿势接受过手术。

伸夫一想到黄书中描述的场面就呼吸急促起来。

他想说"只有妈妈与众不同"，但实际上自己的年龄跟弟弟相隔七岁，而且母亲本人也如此说明，所以他没有理由予以否定。

虽说此事与自身无关，但伸夫只是想想便感到脸上发热。

"为什么要做那种事情？"

伸夫想到这里突然觉得母亲实在可恨。

"做这种事情还能算是妈妈吗？"

伸夫不由得怒火中烧，连看到母亲的面孔都会心生反感。

"爸爸也真是的！"

他的激愤情绪又指向了父亲，骤然感到父母都是不够纯洁的人，甚至不想跟他们说话。

可是，父母丝毫没有觉察到伸夫的情绪，照旧若无其事地在楼下喊"伸夫，吃饭啦"。伸夫走下楼去，却见父亲正在悠然自得地喝茶看报纸。

"怎么啦，不想吃饭吗？"

听到母亲问话，伸夫一声不吭地走过餐桌旁进了厕所。母亲望着他的背影嘟囔：

"真是个怪人呀！"

母亲这样说就让伸夫更加反感了。

"我才不怪呢！明明是自己做了奇怪的事情。"

伸夫想这样说，可又觉得即使在众人面前说出来母亲也不会接受。而且，此话一旦说出，恐怕愤怒就会失去威力。愤怒毕竟也只是在伸夫自己的脑袋里发酵才能够成立。

"妈妈根本不可能理解。"

伸夫心里嘀咕着又沉默不语了。

虽说如此，不过当时伸夫可能对母亲逆反心理过强，常因琐碎小事动怒发牢骚。稍稍争吵几句，一旦理屈词穷就干脆板着面孔关在自己的房间里。

伸夫虽然也想与母亲和睦相处，可心底涌起的冲动却驱使他对抗母亲，感到体内就像翻腾着黏稠炽热的岩浆，时时刻刻都在寻找机会爆发。

他也知道不应该这样，但又克制不住。这倒也并非有什么理由，就像潜藏于体内的能量不可遏阻地点燃了怒火。

爆发的目标大都是针对母亲。虽然这是因为母亲离自己最近，但同时也不可否认是出于对母亲恃宠而骄的心理。

总而言之，他觉得母亲的一切都令人愤怒、不可宽谅。

例如，在相册里贴有母亲年轻时的照片。虽说是出生于明治年间,可母亲的娘家却相当富裕,还供她上了札幌的女校。在照片中,她身穿据说是当时流行的黑色斗篷,精心编好的发辫垂在肩头,脚上穿的是黑色皮鞋,一只手搭在扶手椅上。在另一张照片中,母亲就像个大正时期的摩登女郎,头戴白色贝雷帽,身穿白色裙装,手中拿着网球拍。

与母亲相比,父亲却俨然一个穷学生。在所有的照片中,他要么穿着黑色的学生装,要么穿着脏兮兮的睡衣。

姨母了解母亲的年轻时代,她看着相册向伸夫介绍:

"你妈那会儿可是个大红人儿哦!"

虽然姨母这样说,可伸夫却还是搞不明白。从大正时代起就穿得这么时髦,想必一定引人注目,但说到怎么走红他却无从想象。

"因为她皮肤白、眼睛大嘛! 大家都叫她'好美姑娘、好美姑娘'。"

"那、她交游很广吧?"

"虽说不可能像现在这样,但还是有很多喜欢她的人哦!"

"后来呢……"

"后来的事情最好直接去问你妈啦!"

姨母开玩笑似的笑了,伸夫却不由得郁闷起来。

自己的母亲年轻时美貌出众、受到男人们追捧,听到这话感觉倒也不坏,自己也是男孩,所以希望母亲永远美丽。

但是,一想到母亲跟其他男人也很亲密,伸夫就高兴不起来,并突然觉得母亲太随便,就连在当时十分别致的名字"好美"都令他厌烦。

"这张照片挺漂亮的吧？"

姨母说的是母亲左手臂上搭着那件斗篷、右手扶着立柱的照片。

如果说漂亮也确实漂亮，但对于伸夫来说母亲就是母亲，不愿把她想象成一个吸引男人目光的女人。

"因为你爸太老实啦！"

"那不挺好吗？"

伸夫突然想为父亲辩护，并感到穷得从夏到冬只穿一件立领制服的父亲更加亲近。

"我觉得我爸特棒！"

"所以你妈就跟他结婚了吧？"

这么一说伸夫又搞不懂了。实际上他无意了解也不想知道这些事情。对于男孩来说，自己的父母怎样相识并非愉快的话题。

姐姐倒是满不在乎，总想听那种事情。伸夫却实在搞不明白姐姐是怎么想的，也许是因为爱做梦或爱浪漫。但尽管如此，连自己父母的事情都想刨根问底可就太不知趣了。那种事情只是听听就会羞臊不已，如果刨根问底的话，恐怕连自己出生的事情都会变得历历在目了。

伸夫做出已经厌烦的样子，把目光从相册上挪开并站起身来。

不过，与其说是已经厌烦莫如说只是心情变得沉重了。

如果可能的话，他实在不想知道父母的秘密。父母永远是父亲与母亲，而不能是男人与女人。一张照片一段对话乃至所有的一切，都必须是父亲与母亲。

然而，那似乎只是一个少年不想面对现实的天真愿望。

在半夜偶然听到难以置信的温柔对话，清晨钻进被窝发现褥单潮湿，上有姐姐下有弟弟相差七岁的事实，还有时髦的母亲和朴实的父亲的照片，刨根问底都会牵扯到男女秘事。

伸夫还不想直面这种现实，只希望父母是与性无缘的透明存在。

然而，自己心中与日俱增的、对性的好奇心却不许他继续天真。虽然他在大脑中要求父母既单纯又透明，可暴走的身体却打碎了天真的梦想。

在这种矛盾的状态当中，焦躁的伸夫对自己变得更加沉默寡言、态度粗鲁感到惊讶不已。

十二

伸夫虽然对性的关注有增无减，但并非仅仅沉迷于这种事情。

当然，以自慰为中心的性遐想已扎根于生活之中无法割舍，但沉迷于其中的时间并不很长，每天顶多一小时，有时即使加上阅读色情书籍也就是两小时左右。

其他大半时间都耗费在校内活动和户外游戏当中。一旦走出家门在灿烂阳光下见到同学，性的世界就急速远去，他也会回到快乐玩耍的普通少年。

那个时期伸夫特别热衷于滑雪。所幸他家就在札幌西区的山边，步行到滑雪场只需十分钟，即使爬到稍陡的中级雪道也就用二三十分钟。

滑雪场可以说就像自家庭院，周六周日自不必说，即使在平日也能去滑雪。

从学校到家的距离远达三公里，放学后步行到家早则三点钟，有时就过四点了。在天短的冬季，虽然暮色已开始降临，他也照样扛起滑雪板出门。即使在阴天周围一片昏沉时，雪道仍因反光而发亮。滑雪的人已寥寥无几，剩下的人也都随着天色渐黑走光了。而伸夫却仍然继续滑雪，直到市区华灯初上、看不清坡边的沟壑为止。

伸夫上初三时每天早上去学校前就要先滑一阵，放学回家后还要去滑。

当时，伸夫家的附近有家名叫"佐藤"的理发店，店主的长子"武师傅"是梳扎日式发髻的高手，还曾获得过全国锦标赛亚军。他平时少言寡语，给伸夫理发时一声不吭，在冬季期间不太来店上班。

伸夫崇拜这位武师傅，偶尔在滑雪场相遇，对他滑雪时的华丽身姿看得入迷。伸夫心想，即使赶不上武师傅，也要通过全运会的札幌区预赛让大家刮目相看。

可是，这个愿望在上高中的同时完全破灭了。其原因之一就是上高二时施行了学区改制变为男女同校，伸夫对一位同班女生萌生了爱意。另一个原因就是从上高三时开始忙于高考复习。

不过，他在上高一时确实对滑雪十分着迷。

在雪后初晴的星期天或光线渐暗的平日下午，当他登上坡顶向下滑行时,脑袋里就不会有丝毫的性遐想。这时,那个双目充血地看着黄书沉湎于自慰行为的少年就变成了遥远的存在。

当时的伸夫体内确实存在着两个少年:一个在以滑雪运动宣泄全身能量,而另一个则关在自己房间里浑身燥热地沉浸在淫亵的遐想当中。

虽然后面那个少年出现的时间要短得多,却并不能因此而予以轻视。莫如说正因为时间较短,其浓度更加根深蒂固。

不过,热衷于滑雪的少年与性意识萌发的少年并非没有相互关联的时候。

在初三那年的寒假中,他曾跟朋友樱田君去滑雪用品店"山崎"打工。那是在一九三八年,人们的生活也渐渐安稳下来,在繁华区已有两三家体育运动用品专店开张。虽然"山崎"与之相比是新开张的小店,但因为能与自己酷爱的滑雪运动近距离接触,所以伸夫就去那里应聘打工了。

不过,他去了之后才知道,所谓"山崎滑雪用品店"与纯粹的体育运动用品专店稍有不同。

首先,这家店位于站前大街的南端,来往行人不是很多。当然,这里毕竟还是在薄野区内,所以还算比较热闹。但基本上也是从傍晚开始,而且多数都是在酒吧和舞厅上班的人。

店主是个三十五岁的微胖男子,据说是因为胞兄就在隔壁经营杂货店而在此开店,可他对生意并不十分热心。

店内是三十三平方米的狭长水泥地板间,虽然号称滑雪用品专店，却只在门口两侧立着二三十条滑雪板，而且其中一半都属于妇女儿童专用。

一般说来，此类商店总会有滑雪运动选手出入，可在这里却完全看不到，来往的都是身穿夹克衫貌似经纪人的男子。从店内中段到里面是兼做安装金属件和滑雪板边刃的操作间，而老板总是坐在中段简易火炉前的圆椅上朝店外观望。

晴天时的周六周日暂且不说，在下雪的平日里几乎没有顾客，因此伸夫和朋友为了排遣无聊真是费了不少心思。

可是，老板却显得无忧无虑，就坐在炉前烘烤着裆胯，偶尔跟顺路进店不明来历的男人们谈笑风生。

这位老板依然叉开双腿，用手隔着裤子咯吱咯吱地挠着裆胯。这是他的习惯性动作，即使面前有顾客也满不在乎。所以，他的裤子前面总是有些发亮。

"那家伙是得了阴虱病。"

伸夫和樱田君在背地里说坏话，可店主本人却根本不当回事，照旧叉开腿面朝店门口坐着。

由于商店位置的关系，到了傍晚就会有住在附近的陪酒女郎经过门前，老板看到熟悉的面孔就快活地打招呼并相互调侃。看样子因为在当地长大，他的面子相当广。

伸夫曾经见过老板的太太，某天傍晚她独自一人走进门来。伸夫以为她是普通顾客就说了声"欢迎光临"，可太太一声不吭径直朝坐在里边的老板面前走去。

伸夫惊诧不已,太太跟老板吵了两三句就出门走了。

"这老婆子真烦人!"

伸夫听到老板嘟囔才知道那女人是他太太,可他在老板太太走了之后还盯着门口。

她是不是来抗议老板在外边搞女人呢? 少年伸夫费尽心思也就能想到这一步。但是,老板太太那头巾下紧咬嘴唇强忍愤怒的苍白面孔令他久久难忘。

老板怎么忍心让那么漂亮的人悲伤呢? 伸夫忽然对态度傲慢的老板感到无法容忍。

可是,老板却照旧满不在乎地一边烘烤裆胯一边拔鼻毛。

女人再怎么漂亮都会被厌倦和嫌弃吗?

在半年前,伸夫曾听母亲说起过邻居年轻夫妻的事情。那对夫妻姓高田,丈夫在电气公司工作,最近在外面另有新欢就不回家了。

发展到这一步会有怎样的过程? 伸夫虽然无从推测,但只是听了母亲说的情况,就觉得不能容忍那位高田叔叔。

高田阿姨伸夫也认识,身材高大并不太漂亮。可是,那位阿姨毫无疑问是个女人,所以应该拥有那种书中所写的淫猥而富有魅力的阴部。

既然叔叔能够随意地接触那个部位,他怎么还会厌倦呢? 既然他能随意做那种事情,有家不回简直令人难以置信。

"太可惜了……"

伸夫曾经这样想过,如果给了自己就不会厌倦并永远珍惜。

刚才从眼前走掉的老板太太比高田阿姨更漂亮,而且特别文静。她在老板反驳后一声不吭地离开,向伸夫他们点头示意时脸上还浮着薄薄的泪水。

"阿姨,如果可以的话,我来帮你吧!"

伸夫克制住冲动欲言又止,眼睛望着门外已经开始下雪的黄昏暮色。

伸夫在打工一周之后发现,这家商店表面是滑雪用品店,可暗地里却在倒卖黑市商品。

那天也是一直在下雪,到了午后,老板把盖着草席的两个木桶搬到后门,叫伸夫他们送到四条仲通街的"白银庄"和七丁目富田家的二楼。

虽然货物似乎与滑雪用品没什么关系,但既然老板已经发话就得照办。伸夫和樱田君冒雪把木桶装到雪橇上,老板又在上面盖了破布和草席,看起来就像是搬运家具之类。

"老板干的事好奇怪呀!"

"这样咱俩不就成送货的了吗?"

两人边发牢骚边向仲通街的白银庄走去。这是一座木结构二层公寓楼,微暗的楼门口有一条走廊直通里边。他们按照老板的指示敲响了第二个房门,只听里面有个女人问"谁呀"。

"我们是山崎店的。"

站在前面的樱田君回答。过了片刻,里面有人开了门。

从里面出来一个把烫发搞得蓬乱不堪的小个子女人。她可能刚才还在睡觉，只在衬裙上面披了件大衣并用手把前襟合上，可下面却光着脚。

"送来啦？先放在这儿吧！"

女人用一只脚把窄小脱鞋台上的长靴拨到旁边腾出空间，伸夫他们就把盖着草席的木桶放下。女人说声"辛苦了"，并递来一包画着骆驼的"骆驼牌"香烟。

伸夫他们一时茫然不知所措。

"哦，你们还不能抽烟吧？"

女人冷得不停地踏着步笑了笑，随即说声"那就送给别人也行啊"就关上了房门。

离开白银庄来到小巷，两人几乎同时嘟囔了一声。

"真够刺激呀！"

那女人像是刚从被窝里出来，未施粉黛的面孔、从大衣领间露出的酥胸、从衣摆下露出的雪白光脚，伸夫都是初次见识。他现在只能用"真够刺激"这句话来表达心情。

"哎，你看到里边了吗？"

"没有啊！"

伸夫刚才有些害怕，所以放下木桶就赶快退到了门外。可樱田君眼尖，好像已经窥见屋内的情景。

"床上躺着个男人呢！"

"怎么会呢？"

"没错儿！那儿不是有双男人的鞋子吗？"

如此说来，门口确实摆着一双带防滑钉的结实皮鞋。

"那女的，是个伴伴呀！"

因为她递来了一包香烟，所以伸夫也能由此推测到她在跟美国兵交往。

"她刚才跟男人干那事儿了！"

"真的吗？"

"我还看见隔扇门里边铺着被褥呢！"

刚才看到那个女人雪白的胸脯和双脚，想必是在里屋跟美国兵交颈缠绵。在街上看到的美国兵全都体毛浓重，胳膊上也长着闪亮的白毛，就是那又粗又大的家伙插入了女人的下体。想到这里，伸夫恍若真的闻到男女交欢的气息，呼吸突然变得急促起来。

"我明白啦！那个老板在搞黑市买卖。"樱田君拉着雪橇边走边说，"你知道那里边装的是什么吗？"

"该不会是酒吧？要不就是酱油？"

酒类自不必说，眼下连酱油和味噌酱都因配给制而供货不足，所以即使是一桶酱油也值不少钱呢。

"那家伙表面装出滑雪用品店的样子，其实是个黑市商啊！"

看来樱田君的推测准确无误。如果不是在暗地里搞黑市买卖的话，滑雪用品卖不出去老板根本不可能那么悠闲自在。

"原来是怕大人送货被抓会很麻烦，所以才叫咱俩去嘛！"

"所以才会盖上这种破布伪装起来。"

伸夫对老板这种做法深感愤怒。大家都在配给制下艰难度日，可老板却只顾自己倒卖黑市商品赚钱发财。而且，他还有可能跟隔壁杂货店串通，倒卖本应供给普通市民的物资吃回扣。

"真够黑的呀！"

七丁目那个送货点也是女人单身居住的公寓。这个女人整齐地穿着毛衣和裙子出来，但右手还夹着没抽完的香烟，一看便知是在从事与夜生活有关的行当。

伸夫两人放下了木桶，对方给他俩每人十块钱辛苦费。

虽然当时觉得如果拿钱就等于同案犯，但他们还是默默地收下了。

因为钱是对方主动给的，所以收下也算不了什么。反正大家或多或少都在搞黑市交易，于是他们也就心安理得了。事实上当时搞黑市交易是公开的秘密，在狸小路边甚至明目张胆地形成了黑市场。还听人说，有位法官从来不买黑市商品，只靠配的物资苦撑居然导致营养失调最终死亡。有人对此表示同情，还有人轻蔑地说他不得要领。尽管规模有大有小，但一般家庭生活也有相当的部分是依靠黑市。

商店老板虽然有些恶劣，但换而言之，似乎也可以说他精明能干。现在就算伸夫他们指责老板搞黑市交易，老板也不会就此罢手，也不会因此而使整个日本好起来。

正是由于经历过为了生存必须先找食物这种最低水平的生活，伸夫他们虽然还是少年，但想法却十分现实。

多亏老板搞黑市生意，我们才能既不至于太忙又多挣些钱。实际上，最近做日工被称作"两个四"，即两百四十块，所以作为初中生能拿到两百多块已经相当高工资了。再加上老板常常在傍晚自己饿了时还会给伸夫他们也叫个外卖，虽然还轻易吃不到白米饭，但荷包蛋荞面条和拉面，也是在来这家店打工后才吃到的。

而且，最令伸夫高兴的是，在这里可以跟自己最喜爱的滑雪板朝夕相处。虽说实际上是在做黑市生意，但店里还是摆放了最新型的滑雪板，还有固定器和边刃等器具。望着这些滑雪用具，哪怕只是摸一下伸夫也会心满意足。

不过，最吸引伸夫的还是通过在山崎店打工窥见了前所未知的大人世界。虽说不愿帮助黑市商，但他对窥探单身女人房间和刚起床女人的姿容却饶有兴趣。哪怕只跟她们说上两三句话，都会深深感到自己变成了大人。

实际上，他只要看到露出衬裙肩带的女人就能嗅出性事气息，看到午后懒洋洋地起床的女人就能想象到她与男人缠绵的情景。

这些都比通过黄书中的文章和照片进行想象更加生动而富于刺激性。想到那个女人居然干那种事情，伸夫来到屋外之后还会抬头望望那个房间。

以前他沉湎于自慰时都是看着黄书挑起性兴奋，而现在则是在大脑中描绘出白天所见到的女人们达到高潮。自慰的导火索渐渐从照片转到了在现实中见到的女人们身上。

在想象着那个女人享受了自慰的快感之后，过了几天又去那个女人家送货。这次不是木桶而是沉重的木箱，里面装着流动的物体，估计是大米。

伸夫在把木箱交给对方时忽然想起自慰时的情景，于是不敢正视女人的脸。

要是她对自己说"小子，进屋坐会儿吧"该怎么办？伸夫自以为是地想到这里就赶快关上了房门。可是，当他来到外边之后，却又因对方没跟自己搭话而感到失望，心里后悔不该那么着急出来。

不过，挑起伸夫对性的好奇心并非只限于去女人公寓的时候。

老板一边叉开腿烘烤裆胯一边跟顾客交谈，其谈话内容也会使伸夫他们深受刺激。

"昨晚怎么样？"

"真不错啊！那娘们儿，长那个样子，可那个地方还挺浓密。"

"你又去'三轮'了吧？"

"可她声音太大了，周围都能听见呀！"

"只要是看样子老实，一般都挺能闹腾哦！"

两个男人露出下流的笑容，对视的眼中露出色眯眯的神情。

伸夫一边在滑雪板上安装金属件一边若无其事地偷听。

"那个地方浓密"说的是阴毛吗？既然老板知道这些，那就是说他连女人私处都看见了吗？还是说他只是用手指摸了一下就知道了呢？毫无经验的伸夫只能根据他们的交谈进行想象。

但是，说到"声音太大"，伸夫就无从想象了。那或许是说在性交高潮时女人会发出喊声。但这是真的吗？如果真的发声，是因为男人那个物件太大而惨叫吗？让又瘦又小的女人发出那种声音,这个男人是不是相当粗暴呢?

伸夫悄悄抬眼瞪着与老板面对面烤火的男人。

这家伙真不是个好东西!

但是,两个男人根本不理睬伸夫的目光。

"又进了一部好片子哦!这次是洋毛子,拍的效果也挺好。"

"在我房间里也可以啦!只要跟木村说一声,他马上就会带机器过来。"

"人数不要再增加了吧?"

不知从何时起,两人凑在一起窃窃私语。或许他们害怕声音太大被两个少年听见会坏事。

不过,伸夫即使听到那种事情也不会到处传,而且他根本无从猜测刚才说的是什么内容。从"洋毛子"等说法倒能推测出是关于女人的事情,却不清楚哪里跟机器有联系。

突然响起一声口哨,老板朝外边扬起手来。伸夫也慌忙抬起头,只见玻璃外边有个穿藏蓝色大衣的女人在笑。

"美女,进来坐坐呀!"

两个男人打招呼,那女人却笑着从视野中消失了。

"装什么正经呀!"

老板嘟囔了一句,那个男顾客不失时机地发问。

"那个,怎么样?"

老板像是掩饰难为情,含糊其词地回答。

"还行吧……"

然后，他就阴阳怪气地笑个不停。

老板是不是跟那个女人有一腿？

伸夫再次把刚才窗外那个女人的面孔与正在烘烤裆胯的老板的面孔重叠起来。

无论怎么看，那女人跟这两个男人的形象都很不相配。他感觉那女人稍显张狂，与年轻却已经像中年般微胖的老板太不搭调。

不过，既然老板说"还行吧"，看来两人确实有过那种关系。

伸夫想到这里，脑海里浮现出只见过一次面的老板太太。与刚才看到的女人相比，还是老板太太好得多。可老板为什么会跟那种女人好了呢？

伸夫越来越搞不懂大男人们了。

不管怎么说，大男人这东西好像相当爱奢侈。他们本来已经有了明媒正娶的妻子，却还要染指别的女人，而且说人家坏话。

那句"还行吧"到底是什么意思呢？

是在说长相呢，还是在说身段呢，还是另有所指呢？

"哎、哎，高村君！"

突然听到呼唤，伸夫以为自己做错了什么事被老板发现，顿时红了脸。

"把那副板也装上边刃吧！"

原来老板说的是滑雪板。伸夫没精打采地应了声，老板就站起身来。

"我出去一趟，要是有个叫村山的来了，就把里边那个木桶交给他。"

老板和男顾客依然把双手插在夹克衫口袋里，出了店门消失在黄昏中冰雪覆盖的街道。

目送他们离去之后，伸夫和樱田君迫不及待似的停下手来。

"哎，歇会儿吧！"

两人在火炉旁也像老板烘烤裆胯那样叉开腿坐下。

"那两人去哪儿了？"

樱田君似乎对此毫无兴趣，用火钳在火炉里挑来挑去。望着熊熊燃烧的火焰，伸夫脑海中又浮现出刚才那个女人的面孔。

"'还行'吗？"伸夫在心中嘀咕道。

他对自己从大白天就开始琢磨女人感到困惑不已，同时也觉得自己更加了不起了。

十三

初中第三年的寒假结束、新学期开始，伸夫觉得自己似乎成长了一截。

与其说是身体成长，莫如说是感到自己在精神上向成年人迈进了一步。

其原因无疑在于寒假出去打工。虽然仅仅二十天时间，但在别人手下干活挣钱，培养了自己也能独立生存的信心。除此之外，在商店里听到老板跟他朋友们交谈,在配送黑市物资时窥见伴伴女郎和夜间工作女性的生活一端也起到了很大的作用。

"原来如此!大男人们就是在干这种事情啊!""他们对这种事情感兴趣啊!"虽说这些似乎都与伸夫以前感兴趣的事情相当不同,但仔细想来却基本上没什么差异。伸夫他们都希望比其他伙伴们长得更强壮,棒球和滑雪的技术更高,学习成绩更优秀,而大男人们却似乎都在力求接近财富和美女。虽然在内容上大男人与少年多少有些不同,但在按照个人欲望行动这一点上则基本相通。或莫如说,只是因为大人们追求的是金钱美女这些世俗东西,所以显得更加低级趣味。

"哦,原来是这么回事儿啊!"

重新审视大人们的行为,以前那些雾里看花般的模糊现象忽然清晰起来。

例如街坊松崎夫妻也是其中之一。松崎叔叔一米七五的高个子,在道厅附近某水产公司工作,刚三十岁就当上了科长。一到星期天就能看到他身穿夹克衫跟街坊的孩子们玩投棒球,样子比真正的棒球运动员还帅。可是,松崎阿姨却又矮又胖,长相也令人不敢恭维。不过,听母亲他们讲,松崎阿姨家庭条件优越,虽然有些任性,但待人诚恳坦率。

实际上,伸夫在路上碰到松崎阿姨时,她都会爽朗地打招呼说"你好"。不过,她说话带着鼻音有些嗲声嗲气,倒让伸夫不好意思抬起头来。

仅从外表来看,虽然松崎叔叔占有压倒性的优势,但他们夫妻关系很和睦,经常看到两人在节假日一起外出。

不过,据说这对夫妻有时会大吵大闹,松崎阿姨曾一度歇斯底里发作,把花瓶和茶碗等全都摔碎,还跑到伸夫家来借呢!

闹到这个地步想必难以收拾,可母亲却意外漫不经心地说声"松崎太太,别太浪费东西哦"就把茶碗借给她了。其他阿姨们在茶余饭后也会谈论松崎夫妻吵架的事情,却都说得津津有味,没有丝毫紧张的感觉。

母亲为什么那样漫不经心呢?伸夫觉得,松崎家的叔叔阿姨老是争争吵吵,总有一天会分手。可大人们却都没有真心为他们担忧的样子。

上次母亲说到过高田夫妻,虽然他们并没有吵得不可开交,可母亲却显得忧心忡忡。为什么会有这样的不同呢?

不过,在寒假结束时,松崎阿姨再度歇斯底里发作后跑到伸夫家来。这回伸夫才忽然想到:夫妻俩虽然吵吵闹闹,但也许出乎意料是一种相互撒娇邀宠的方式。

这是因为,前一天松崎阿姨还哭着骂松崎叔叔,可到第二天见到时她就快活地打招呼问好了。

虽说如此,他们都已经是大人了怎么还说吵就吵说好就好呢?伸夫感到特别不可思议。

半年之后的六月底,松崎夫妻搬家了。据说松崎叔叔在公司又升了职,并在北区新开发的地段盖了新房,他们就从先前的租住房搬走了。

"在好公司里上班的人就是不一样呀!"母亲既像是羡慕又像是讥讽地叹息道。

常常跟叔叔玩投棒球的伸夫虽然感到失落,但还是爽快地跟街坊伙伴们一起帮着搬东西。

松崎阿姨送给伸夫他们当时还很少见的豆馅糯米团,下午就坐着卡车离去了。

松崎家的房子变得空空荡荡,连榻榻米都没了,被丢弃的破旧茶柜和断腿餐桌就堆在空房子旁边。伸夫他们漫不经心地在里面翻腾,忽然看到装橘子的纸箱里好像有杂志。

因为最上面的杂志封皮印着女人面部的照片,所以伸夫出于好奇翻到下面。原来,纸箱里从上到下装的都是色情杂志。

由于天色还很亮,而且旁边还有其他伙伴,所以伸夫慌忙从纸箱上挪开了视线。他感到看见了不该看的东西,悄悄地把纸箱放回原处就离开了现场。

第二天放学回家后,伸夫立即去松崎家的空房子察看,昨天那个装橘子的纸箱可能已被收废品的搬走,连其他旧家具都不见了。

伸夫懊悔不迭,同时心中充满了厌恶的情绪。

仪表堂堂的叔叔和嗲声问好的阿姨总是一起看那种杂志吗?

想到这里,伸夫感到以前像雾里看花般的东西突然变得鲜明起来。

那两人虽然经常吵架,但听说关系还不错。母亲貌似倾听跑上门来的阿姨发牢骚，但似乎并未十分用心。阿姨都快哭出来了，可母亲的态度却像是在说"又开始撒娇了"。

"原来如此……"

伸夫点了点头，心中的厌恶情绪更加强烈了。

不管怎么讲，叔叔阿姨都那么大了，居然还要看满满一纸箱黄书，实在不可宽恕。不，这不是宽恕不宽恕的问题，而是感觉上的问题。

"大人真可恶啊！"

想到这里，伸夫又觉得已经开始明白其中奥秘的自己也有几分可恶了。

伸夫一旦对某种事物有所了悟，就会对其相关的各种事物进行连锁式思考，以前毫无感觉的事物现在突然开始有了反应——伸夫常常对自己的敏锐感到困惑不已。

例如，当时由于燃料不足，家里人都得去澡堂洗澡。虽然所幸澡堂只有二百米远，但说实在话伸夫不太喜欢洗澡，往往是在母亲催促下每周只去两三次。

母亲和姐姐每次去都会悠然自得地泡一小时以上，可他却没有那种爱好。而且，他在澡堂里碰到同学就会紧张。

自己的那个部位长到这么大，阴毛长了这么多，而那小子怎么样呢？自己跟普通人一样吗？会不会发育迟缓呢？他虽然尽量避免去看，可视线却不由自主地投向对方那个部位，并在不被发现的前提下与自己作比较。

就像女孩从初中到高中时都会显现女性特征一样，男孩的身体也会发生变化。他们虽然对自己的变化感到惊异，却依然十分在意是否达到了常人标准。

虽说如此，他们却还是要用汗巾遮住前面，以这种姿态体会着已经加入成年人行列的自豪感。

不管怎么说，大人们去澡堂只是清洗污垢，而他们却会因为与别人比较发育状态而被强加额外的紧张感。

此外，大人们在澡堂里的对话也会引起他们注意。例如，新婚不久的夫妻一起去澡堂，当然要在收费台前分开进去。但往往都是女方把男方的费用也一并交付，然后把手巾和肥皂交给男方，递个眼神再说声"回头见"。

有时女方会隔着镶镜子的墙壁喊"老公，我出去啦"，而男方则有些冷淡地回答"啊——"。可能是因为刚刚出浴，此时女人的嗓音有种新鲜甜美的奇妙回响。然后，男方先出来坐在椅子上等着，女方从收费台那边出现后点点头像是在说"让你久等了"，红扑扑的脸上透出女人出浴时的娇艳。

那两人回到家里是不是要男欢女爱啦？伸夫想到这里呼吸突然急促起来，一时有些沉不住气。

另外，常常会有女孩掀起男池与女池之间的细窄板门跌跌撞撞地跑进来，先是转动眼珠环视男池这边不同的情景，然后找到自己的父亲。而父亲也招手呼唤"安代"或是别的什么名字。女孩大都是送来肥皂或洗发液，然后又小心地迈着碎步返回女池那边。

有一次,那扇板门掀开后没有自动关上,于是伸夫从门缝中看到了女人站着擦拭身体的情景。虽然是背朝这边,但好像是在擦拭大腿前面,所以向后撅起了丰腴的臀部,令伸夫感到一阵眩晕。

这种微不足道的情景或许别人会不屑一顾,但对伸夫却有所刺激,同时增强了他对大人们的厌恶感。

大人们怎么那么不体谅别人呢? 如果能注意照顾别人的感觉,我们也就能坦然自若了。然而,大人们貌似顾忌世人目光谨慎行动,其实仍然意外地存在着大意和无耻的缺点。伸夫感到羞耻不堪的事情,大人们却好像满不在乎、习以为常,特别是对性过于轻视和不设防。伸夫对大人们怀有厌恶感,或许就源于他们这种毫不设防的厚颜无耻。

伸夫一旦想到这些,就会感到大人们在其他所有的方面都大大咧咧,并对其麻木和迟钝深感愤怒。

不过,他虽然心里有气,可另一方面却像全身布满雷达天线般捕捉大人们疏忽时暴露的秘密。而且,当他如愿捕捉到自己所期待的现象时,就会不失时机地定睛侧耳接收那种刺激并为之兴奋。

总而言之,这个时期的少年们虽然在心里厌恶大人们疏于设防的春光乍泄,可眼睛却死死地盯住不放。他们对大人们漫不经心的春光乍泄既气愤又想看,处于矛盾的心理状态之中。

从心理卫生方面来看,这恐怕不能说是什么健康的心态,因为他们总是如临深渊般心神不定。

当这种情绪过强时,他们就会无特定目标地与人发生对抗和冲突，甚至会诉诸暴力。

不过，这种刺激并非全都来自成年人，还会从体内自然萌生，并常常感到困惑和惶恐。

当时，最令伸夫感到紧张的就是从离家三百米远的岸本家门前经过，还有学校附近的S女子学校。

岸本家有个比伸夫小一岁、名叫弓子的女生。她家在伸夫上初中之后搬到附近居住，她在北区的O女子学校上学。如果从上小学时就同校的话，那么即使年级不同也会很面熟。但因为弓子是中途转学而来，所以此前没见过面。当然，也可以说正因如此，伸夫才会对她特别在意。

伸夫最初认识弓子，是在岸本阿姨来访的时候。当时，伸夫看到她身材细高，剪着娃娃头，只是觉得她挺可爱而已。

从那以后，母亲跟岸本阿姨很快亲近起来，伸夫放学回家常常看到她们在喝茶聊天。

伸夫对她们的谈话兴趣不大，可当岸本阿姨说到"弓子……"时，就会像背受掌击般猛一哆嗦。有时岸本阿姨聊天时间长了，弓子就会来叫她。

"爸爸回来啦！""有客人来啦！"弓子通知一声就回去了。

伸夫见到弓子时只是与她对视一下，并没有说过话。

但是，当他看见岸本阿姨在自己家时，心里就会期待弓子再来。

母亲和岸本阿姨当然不了解伸夫的心情，弓子本人更是无从得知。但即便如此，伸夫也觉得只跟弓子见一下面就已满足，即使她主动搭话自己也只能是张皇失措。

他对弓子加深关注，是从岸本阿姨说出那句话之后。

"伸夫要是能娶我们家弓子就好了……"

当时，伸夫正在里屋用竹篾制作飞机模型，听到这话惊讶地回头一看，只见母亲和岸本阿姨正在开心地笑。

她们也许是在谈及自己晚年时半开玩笑地说出这种话来，看样子不像是真心实意。

然而，此事对伸夫来说就不仅仅是开个玩笑而已了。虽然她们是在喝茶聊天时顺口说出，但伸夫的童心也未必不曾考虑过这种事情。现在，这件事情突然出现在大人们的谈话当中。

从那以后，伸夫就不能以平常心态走过岸本家门前了。如果这时弓子出来了该怎么办？如果跟阿姨碰面该怎样寒暄？虽然伸夫常在自己家里跟她们见面，可一想到单独相遇就心情紧张，像要接受对方考试般忐忑不安。

以前从这里经过时，心中只是单纯地期待或许能与弓子相遇，可现在却怀着更加严峻的心情走近岸本家，只是看见延伸到院门的长长石墙就心神不定、惴惴不安了。

既然如此，那就干脆不要经过岸本家门前，走另一条路倒也并非不可，但伸夫双脚一出家门就自然而然地朝那边迈去。

不过，他实际上几乎没有可能与弓子相遇。因为弓子上学路远要坐电车，所以她好像比伸夫早半个小时出门。伸夫倒是也可以相应提前出门，但如果没有充分理由的话，恐怕就会被母亲看透心思。

再说,即便真的碰到了弓子,但由于学校所在方向不同,也只能对视一下而已。

伸夫想到反正不可能碰面,就继续走过岸本家门前。他从石墙边走过拐角之后知道碰不上弓子,虽然有些扫兴却也可以暂时放心了。

伸夫在这里也会心情矛盾、忐忑不安。

还有一处令伸夫不能不心情紧张,就是S女子学校的门前。

伸夫早上去学校时,路过S女校门前总会碰到很多女生。由于这里有电车的停车站,所以每当电车到站时就会吐出成群结队的水手服身影。伸夫夹在她们中间就会感到女人的气息并呼吸急促起来。

伸夫平时还能自命不凡地说别人"色鬼",可到了女生当中却像夹着尾巴的狗般缩成一团,当然无暇观望周围女生的面孔。

尽管如此,伸夫心里却仍然自以为是地意识到会有女生看他。

当时正处于战后不久,有的学生还头戴战斗帽、脚穿军靴,都是从复员兵那里搞来的。但无论如何,最酷的就是穿戴着油渍斑斑的帽子和斗篷的所谓旧制高中生范儿。此外,他们还会穿着厚朴木屐大步前行。

伸夫上初中后最先做的事情,就是把别着新校徽的帽子放在掺着油和鸡蛋的炒锅上弄得油光发亮。

不过,他即使把自己捯饬得这么酷,却并不意味着勇气十足。其实可以说,正是因为勇气不足,他才会以那种敝衣破帽虚张声势。

伸夫就读的初中号称札幌名门,而校训是"质实刚健"。即使是成绩优秀者也会故作硬汉姿态,表面装出从不用功学习的假象,蔑视脸色苍白的秀才。更别说那种对女生黏黏糊糊的男人,根本不屑一顾。

不过,他们真心却都对女生兴趣颇深,若能得到允许,哪怕只是一步都想接近女生,跟她们搭上一句话。尽管校方没有规定禁止接近女生,他们还是不想被发现和打上"软派"①的烙印。

明明心有旁骛,却必须装出漠不关心的样子。这种矛盾的心理就加剧了紧张心理,使他们的态度变得极不自然。

特别令伸夫紧张的就是整夜下雪后初晴的早上。他从家去学校的学生专用便门时,如果走捷径就要横穿运动场。但是,在前一天还可以行走的路第二天早上就被新雪覆盖,所以早上最先出门的人必须踏出一条雪路,这位男子就被学生们称为"除雪车"。

最初雪原上只有点点足迹,但走的人多了就踩出一条路来。虽说是路,却也只是由人在运动场上把雪踩实,仅有一人通行的宽度。

伸夫他们要穿过四方形运动场上的对角线,而去 S 女校的女生们则是从对面反穿过来。

理所当然,男生和女生就必须在这条雪路上擦身错过。

伸夫一边呼出白气一边向前走,而对面的女生藏蓝色大衣渐行渐近。伸夫估算着双方的距离默默前行。五十米……二十米……十米,伸夫紧张得都能听见自己的心跳声。

---

①经常泡妞的好色男子。

在这条路上经常相遇的女性只有五六个,面孔大都已经熟悉。伸夫微微伏下双眼继续前行,可全身神经都只集中在接近的女性身上。

在两人就要相撞的瞬间,伸夫仰身让路。与此同时,女生也稍稍侧身,两人视线相遇。

可是,伸夫在接下来的瞬间却伏下视线快步通过女生身旁。

这个过程虽然只有几秒钟,但伸夫却感到浑身疲劳得几乎瘫软。

"果然是那个女孩……"

那位多次相遇的大眼睛女生,似乎在向伸夫微微点头示意。

也许她对我有好感——伸夫克制住想要立即回头的冲动,只顾埋头向前走去。

校舍向运动场伸出一角,说不定有人正在朝这边张望,要是那帮人起哄说"你小子盯上那女的了吧",伸夫实在无法忍受。

伸夫若无其事地穿过运动场,可大脑中却满是刚才擦身错过的那个女生。

十四

对于男孩来说,从初中过渡到高中是个难忘的阶段,也是从以前的单纯男童向成人迈出的第一步,也是对"少年"这个词的诀别。而且,他们就是在这时逃离义务教育,最初加入被选择的集团。

不过,伸夫并没有特别激动。

其原因就是在他进高中的前一年施行了学制改革。

此前文部省按照旧学制,施行的是小学六年、初中和女子学校各五年、高中和专科学校各三年、大学三年的教育课程。其中一部分大学设置了相当于高中的预科,而初中也可以用四年时间读完。

但是,文部省在战败之后决定把学制也改为美式,就从一九四七年开始施行六三三制了。后来人们对此次改制的评价毁誉参半,如今依然意见不一。但是,旧制初中由此成为实质上的高中,而以前的高中和专科则升格为大学,招致所谓"车站盒饭式大学"①到处泛滥。

虽然文部省施行这项改革的目的是提高全民素质,但至少在当时只能是单纯充数而已,徒有其名的大学和高中却增加了不少。而且,此前一直发挥着独自特色的专科学校也变身为毫无特色的综合大学,留下了无法弥补的缺憾。

不过,那次改革规定义务教育从小学到初中共九年,以此实现了受教育机会均等的目标。

施行这项新制度时,伸夫正是初中一年级学生。当然,他是经过入学考试被录取的。但是,在他之后的学生就都是免试进入新制初中了。而旧制初中都因此再没有新生入校,出现了伸夫这一级总是最低年级的奇妙现象。

伸夫就在这种状态下初中毕业升入高中,但校舍和老师却完全相同。当然,由于升学考试也已在初中完成,所以没有另外进行。可

---

① 对因改制激增的"快餐式"综合大学的揶揄说法。

以说,他就像乘着电动滚梯般顺其自然地成为一名高中生。而且前辈完全相同,后辈依然没有。

环境依旧校名未变,伸夫因此无从体会考入高中的激动和兴奋。

不过,初中和高中的六年之间他却过得悠然自得。不必为升学和择校而专门复习应考,这本身就已经很值了。

在初中阶段,伸夫受教国语课的山中老师影响最深。山中老师在战前就大学毕业了,可能由于曾一度被征兵入伍,他最初也是头戴战斗帽、脚蹬军靴来学校。他倒不是军国主义者,但由于当时物资极度匮乏,男人大都穿着军队投放的服装。山中老师是编撰诗刊《原始林》的诗人,他上的课总是妙趣横生。

例如讲到岛崎藤村的《千曲川旅情之歌》时,山中老师只管反复多次地朗读。在诗兴大发时就闭住眼睛,语调也像咏诗般抑扬顿挫。这时,老师几乎不讲什么单词和语法等复杂理论,只是反复诵读并说"很美吧""情景历历在目吧",以此唤起大家的共鸣。

伸夫和同学们还没去过长野县,也没去过千曲川。但是,他们在聆听老师吟咏时却恍若被带到春季的千曲川河畔,看到了周围展现的美景。

山中老师的教学方法强调,比起一个个汉字和词义,把握作品的整体感觉并融入其中更为重要。

在多次吟咏并品味作品的整体氛围之后,老师讲述了自己年轻时独自在小诸城一带流连忘返的经历,将缭绕在山腰的云霞和樱花杏花的美轮美奂寄托于自创诗歌之中。接下来,老师就讲到了川中岛会战。他先在黑板上描画出武田和上杉两军①的对阵态势，然后开始低吟。

"某月某日，武田军团一万骑顶着朝雾集结于梓川西岸，紧接着鞭声肃肃趟夜河……"

老师的讲解把伸夫和同学们从春光明媚的千曲川带到了战国时代的川中岛，耳畔仿佛响起阵阵螺号声和呐喊声。

课堂教学如此生动活泼、妙趣横生，但并不等于疏忽了基础汉字的读音和听写。

老师并非通过一般的测试来强化汉字记忆。

老师每月举行一次"汉字相扑"，采用这种形式让邻桌同学捉对比赛汉字听写。例如老师朗读"りょじょう"，同学就一齐写出相应的汉字。老师随即发出"好、交换"的指令，并在黑板上写出正确答案"旅情"，同学们依此核对答案并判定对手是否回答正确。每对同学听写五个汉字词，根据正确答案的多少决出胜负。接下来换一个座位跟别的对手比赛，最后统计每个同学的胜负次数。

比赛结果在下一周的国语课上公布并列出名次表，确定横纲、大关和关胁即冠、亚、季军，成绩差者就排在前头级十几名到十两级②。

虽然列出了"相扑"比赛的名次，但排名靠后的同学也不会气馁，反而会发愤图强。有的同学曾经从十两级升至前三名，有的同学则

---

①日本的战国时代（16世纪中期），武田信玄与上杉谦信在12年中进行过5次大会战。

②"前头"和"十两"都是相扑选手排位的名称。

从横纲降至前头级。写不出来的同学便以涂黑圈①为乐，在笑声中记住了汉字，而且因为没有考试所以学得轻松愉快。

不仅限于课本内容，老师所教知识丰富多彩。例如，他向同学们募集少量资金，买来《中央公论》《新潮》《改造》《世界》等综合杂志和文艺杂志，就挂在教室的角落里让同学们自由借阅。

这些杂志对于刚上初中和高中的男孩来说似乎难度过大，但老师并不担心。虽说放在教室里，却并未强制大家阅读，其实不想看也可以不看。不过，每当新杂志出来时，老师必定会说"难得凑钱买来，哪怕只看看封面和目录也行"。

伸夫也是只浏览目录，几乎没读过内容，但这也对他后来的发展颇有助益。首先，他从大学毕业成为社会人之后，对于那类看似难懂的专业杂志已经不会感到棘手了。而且，由于他从初中就已开始接触，所以觉得杂志上所写内容也没什么特别了不起，看似难懂的文章也变得不那么吃力。所以，那段经历在他后来的人生中起到了至关重要的作用。

另外，因为山中老师是诗人，所以常常叫同学们创作诗歌。当然，老师在这种时候也不会过度拘泥于细节，而是叫同学们坦率地表达自己的感受。他还把学生创作的诗歌整理出来制作成誊印版诗集，并将其中的优秀作品转载到老师参编的诗刊上。

当然，老师讲解短歌的方法也很独特，依然是反复多次诵读，以

---

①相扑比赛记录胜负的方式。每场胜者涂白圈，负者涂黑圈。

个人感受为中心进行教学。例如在讲授《万叶集》时先琅琅诵读，切身感受古代诗人朴实的悲喜情怀。在讲授现代国语时，也是反复朗读茂吉母亲去世时所吟咏的《赤光》，并着重强调诗中所反映的悲伤之情。

老师讲授国语的方法，要点就是首先通过朗读来感受作品而不是解释作品。这种方法不仅限于诗歌，从现代文到古文全都如此。

另外，老师不仅讲授课本上的内容，兴致高涨时还会把话题扩展到电影作品当中。当时还没有电视，正处于电影发展的全盛期，其中心题材就是从漫长而黑暗的战争中解放出来后大举引进的西欧电影，特别是法国作品人气最高。

有一次，老师在解说他在前一天看过的《命运的飨宴》时，将人生的不可思议娓娓道来。在下一次课上还谈到了《哈姆雷特》及奥利维尔的导演手法。

说实在话，处在最顽皮时期的初中生不可能全面理解老师所讲的内容。但是，老师目光炯炯口若悬河，同学们便不可思议地被卷入电影的氛围当中，感到似乎明白了什么，并对自己所尊敬的老师如此热衷的电影感到兴趣盎然。

因为老师喜爱，所以同学们当然也会去看。

不过，在以质实刚健为校训的学校里，去看法国电影难免会被打上软派的烙印。虽说在战败的同时自由意识已被唤醒，但周围很多人受战时观念的影响头脑依旧保守。

"进电影院时可不要太显眼哦！"老师苦笑着说道。

虽然倒也说不上是趁机而入，但当时伸夫确实常去看电影。即使现在回想起来，脑海中仍会浮现《舞会的名册》《会议在跳舞》《贝贝·勒·默果》《卡萨布兰卡》《魂断蓝桥》《煤气灯下》《法国外籍军团》《车灯》《北方旅馆》等电影的著名画面。而《胡萝卜须》《偷自行车的人》《第三人》《终站》《生死恋》以及号称第一部苏联电影《石头花》等，则是后来上映的电影作品。

那些电影伸夫未必都能理解，但说实在话，《舞会的名册》令人烦躁郁闷，《贝贝·勒·默果》和《法国外籍军团》则阴郁不堪难以接受。

不过，他对那些作品所共同具有的、对于人生的倦怠氛围似乎有所了悟。

"或许将来自己也会那样生活。"

在伸夫的心中，期待与不安相互交错。

这些电影作品中最令伸夫感动的就是《情妇玛侬》。

不过，比起故事情节和与主人公的共鸣，其最后一幕的美感更夺人心魄。

男主人公屡屡犯事遭到追捕，最后与女主人公逃进了沙漠。女人精疲力竭倒在酷热的太阳下，男人拼尽最后力气站起想继续逃跑却扶不起女人，百般无奈之下扛起女人的双脚迈步前行。

荒凉的沙漠上既没有水也没有树木，女人被头朝下拖着走，长发在沙地上画出曲线。不久之后，男人也耗尽体力倒在了沙漠上。男人放弃了继续逃跑的念头，用双手捧起沙土盖在女人身上，然后以自己的身体将其遮盖起来。

两人必死无疑,秃鹫就在他们的上空静静地盘旋。

这幅凄美的画面紧紧地抓住了伸夫的心。

他还不能完全明白,也许男女爱到极致就会落到那种凄惨的地步。虽然恐怖,但爱情也许真的具有那种魔力,能使人坦然地走向地狱。

看完电影之后,女人被拖在沙地上的裸露上身和长发依然烙印在伸夫脑海中。女演员塞希尔·奥布赫豪爽奔放,虽然闭着眼睛却不可思议地显得十分娴静,那张脸庞也牢牢地刻在了伸夫的眼底。

还有一个令伸夫印象深刻的就是《魂断蓝桥》中的画面。

这部电影以伦敦的滑铁卢桥为舞台,一对男女相遇相恋,不久后却因战争别离。当男子在战后回到约定见面的蓝桥时,女子已经彻底地变为娼妇。男主人公由罗伯特·泰勒主演,女主人公由费雯·丽主演。被战争撕裂的、充满了甜美而哀切的爱情故事引起了年轻人的共鸣。

据说,后来在日本热映的《请问芳名》就是以这部电影为底本拍摄的。在现实当中,由佐田启二主演的春树和由岸惠子主演的真知子曾约定在东京的数寄屋桥重逢。

那时的伸夫当然没有恋人,也不曾恋慕某个特定的女子。他虽然对街坊家那个名叫弓子的女孩心怀好意,但离所谓恋爱的感情还很遥远。

不过,男女相爱、甜言蜜语、相互追求这些概念他是明白的。大人们从表面看去让人以为他们只会埋头工作,但其实他们对爱情和性都十分关心，这些在生活中都占有相当重要的位置。

这些事情长大再看纯属当然，但以少年的角度来仰视却会引起新鲜的惊疑。

原来如此！成年男女就是这样相互交流接近并相爱、又是如此相约重逢的吗？因战争而天各一方的恋人就是这样怀着悲伤相互寻觅的吗？而且卖春这种事情竟会给曾经笃信对方的男子带来如此打击、给恋人双方造成如此创伤吗？

无论截取剧中的哪一幕，都是伸夫从未体验过的事情，所以他未必能够每件事都感同身受，而只是不时地点头感叹"原来如此啊……""是那样啊……""哦……"。

虽然基本上都是出于好奇心，但他在看电影时强烈地预感到自己有朝一日也会这样坠入情网。虽然尚未体验过，但总有一天自己身上也会发生与此相似的故事，自己或许也会像电影中的男主人公一样到处寻觅美女。伸夫沉醉在电影画面所营造出的浪漫氛围之中，想象着各种各样的未来。

如此看来，伸夫对艺术的某种感性也许就是在这个时期孕育出来的。

不知艺术为何物、人生为何物，来到户外就跟同学们玩棒球直到饥肠辘辘，冬天就只知道滑雪——伸夫只不过是这样一个少年而已。

可是，一旦走进昏暗的电影院，他就会像屏住呼吸般地盯着银幕看几个小时。那里基本上没有少年式的热血沸腾，也没有心惊肉跳的冒险和豪华的场面。

男女相爱、争吵、分手，某豪侠只因一念之差赌命于无聊荒唐之物，某老处女感慨地倾诉人生悲喜，某落寞者寄身于倦怠的深渊。尽管这些人大致与少年无缘，但伸夫看到他们走过的人生之路，就对即将横在自己面前的未来心怀几分恐惧和憧憬。

对于刚上高中的少年来说，这种刺激未免过于强烈，但青春却不惧任何强烈刺激，全都能够吸收。某种刺激唤起另一种好奇心，而另一种好奇心则开始寻求更加强烈的刺激。

当时的游戏不像如今这样丰富多彩，看电影就是最主要的娱乐方式，同时也是教导人生、感受艺术的媒体。

不过，伸夫从电影中并非仅仅感受到人生和艺术。

实际上，他在后来才意识到那种感受是通过观影孕育出来，而当时只不过是受到好奇心驱使想去看看而已。那些艰深的理论是在后来才领悟到，而当时只是出于更现实的原因走进了电影院。

例如在影片首映时特别想看而心神不定，可他却没有勇气独自前往。在二度徘徊之后，终于约朋友一起去看了《某夜的接吻》。这部电影的片名本身也具有刺激性，而且因为其中有吻戏才成为了热门话题。

这事如今听起来也许会被付之一笑——就为这个呀！但在当时，"接吻"这个字眼本身就已经充满刺激，更何况是天下第一美男美女在银幕上嘴对嘴，这简直令人难以置信。

当时已经开始流行脱衣舞，在刚刚露出阴毛扭动的瞬间，只因为被指责低俗下流，脱衣舞娘就拿起画框把裆胯挡住，真是叫人笑不出来。在那种时代,刚刚开始对性产生兴趣的少年只因能直接看到接吻的画面就想去看电影,这种心理也不足为怪。

当时,初中生看电影原则上要有监护人陪伴,但伸夫的父母根本无暇同去。而且即使有空陪伴,他跟父母一起看电影也会心神不定。

伸夫无可奈何,于是将监护人的含义进行扩大解释,常常跟大四岁的姐姐同去看电影。

可是,姐姐也并非什么时候都能去,而且爱好未必相同,更何况是《某夜的接吻》这类电影,更不可能一起去看了。

伸夫用夹克衫替换了黑色的立领学生服,朋友也穿上衬衫和毛衣,两人一起前往电影院。此时天色已暗估计不会太显眼,但不凑巧的是,电影院位于闹市中行人最多的拱廊街一角。那里虽然没有如今这种华丽的霓虹灯,但在亮如白昼的照明下,门口悬挂着画有男女接吻场景的巨大广告牌。

伸夫他们来到门口却没有勇气马上进去,过门不入地走过一个街区对视一下再原路返回。

虽说规定要有监护人陪伴,但那只是原则而已,实际上跟同学朋友一起观看也不成问题。虽然街道上还有担任辅导委员的老师巡视,不过即使被他们发现,也顶多说声"哎,不能一个人去看哦"而已。还有个笑话说,学生在看电影时被前排人的脑袋挡住,于是叫那人低一点,结果那个人就是辅导委员老师。

伸夫还没被辅导委员老师发现过,可以说没有前科。但是,对于这部影片,辅导委员老师恐怕会重点巡视。

不过，伸夫在作出决断时就已拿定主意，如果被发现的话到时候再说，老老实实地说出自己的姓名等着挨批评。朋友也是同样的决心，两人都相信只要能看电影，即使被辅导委员老师发现也值了。

因此，他们刚才过门不入并非害怕辅导委员老师，而是被眼前广告牌上男女公然接吻的画面震慑住，自己先感到十分难为情，于是就从门前走了过去。

"准备好了吧？直接进去哦！"

两人对视一下，这次才目不斜视地径直向售票口走去。

只要说声"两张学生票"并把钱递进去就没有退路了，在此之前还需鼓足勇气。

可是，女售票员却故意慢条斯理地数钱，撕下两张票后又开始数零钱。

能不能快点儿——伸夫有些生气，但又不能说出来，只能死死地盯住那女人的手。这种急不可耐的心情就跟买黄书等待阿婆包书时相同。

两人终于拿到门票进了电影院，他们再次回头观望。

刚才进门时会不会被谁看见？有没有辅导委员老师跟踪？不过，两人身后只有一个打短工模样的男子，没有别人尾随。本以为这里的观众都应该是多少喝了酒、穿戴不那么讲究的男人，可进来一看却发现，穿西装系领带的工薪族出乎意料的多，还有不少女观众。

"咱们完全没必要提心吊胆嘛……"

伸夫觉得自己过度谨慎有些吃亏，但作为未成年人的负疚感却难以抹去。他低着头向前走,从买站票的人们肩头上方望着银幕。

虽然广告词说的是"国产影片中首次接吻镜头",可剧中男女的对白却拖拖拉拉没完没了,迟迟不见接吻镜头出现。

但尽管如此,场内没有一声咳嗽,呈现出异样的安静。过了半个小时,男子和女子正面相对,眼看着越来越近,在接下来的瞬间,两人的嘴唇贴在一起。

观众中似乎有人发出叹息声,但也只是一瞬间画面就已转换。镜头从上半身摇向脚下,女子穿着高跟鞋的双脚慢慢翘起,可以看出是在向上探身。

"原来如此啊……"

伸夫心领神会地点了点头。

"男女站着接吻时,个子矮的女子要翘起脚跟呢!"

伸夫打算明天去学校后把这个发现告诉大家,让他们大吃一惊,然后继续聚精会神地盯着银幕。

有朝一日自己也会做那种事情吗?

当天夜里,伸夫想象着尚未看到的未来,并在大脑中描绘出跟弓子接吻的场面完成了自慰行为。

男　子

一

上高二那年的春天，对于伸夫来说是个难忘的、极具冲击力的春天。不仅是伸夫，对于当时的全体高中生来说无疑也都相同。

从这一年的新学期开始，全国公立高中同时施行了男女同校。

以前男生都以"质实刚健"为校训，以敝衣破帽装腔作势，在冬天里也以赤足穿木屐的硬汉做派为荣，可现在学校里突然来了身穿水手服的女生。

由于战后物资匮乏，再加上粗野的男生不够珍惜，校舍已变得破烂不堪，地板下陷，有些窗户甚至没有了玻璃。此外，女厕所的绝对数量也很不够。就是这样一切都与女生无缘的纯男生圣地，女生将要进来同校学习了。

男女同校将市内两所男子高中和两所女子高中合并起来，再根据所在区域重新分割，要求同一地域的男高中生和女高中生上同一所学校。

因此,每所高中的男生与女生人数几乎相同,或即使不同也是男生稍多。

不过,由于按照东西南北划分为四个地域,校名也就变成了东高、西高等,就像麻将牌上的标记般乏味。

所幸伸夫家就位于原高中所属区域内,因此他得以继续留在母校。但是,校名却从原先的第一高校改成了南高校。而其他此前从东区来上学的男生都要去东高中,从北区来上学的男生都要去北高中,大家就这样即将四散分离。

三月底,伸夫的学校在新学期开始之前举行了最后的"告别仪式"。

这所在明治二十八年(一八九五年)创立、具有五十五年传统的第一初中和第一高中到此终结,今后就要改为男女同校的南高中了。而且,曾在一起学习的同学们也将各奔东西。

平时就爱打打闹闹的高中生,到了这个时候也都感伤不已。

校长说"希望同学们在分别之后仍然秉持曾在本校学习过的自豪感和自信心,不忘'一中之魂',将来在召开同窗会时要精神饱满地相聚"。在唱起《萤之光》时,还有人用拳头擦眼角。

伸夫也渐渐难过起来,默默地低下头来没有张口唱歌。

不过,这与其说是对与同学们分别心怀伤感,莫如说是对具有传统的母校即将消失感到失落。

为什么要取消这所北海道年代最久、传统最老的中学呢？为什么要让动不动就叽叽喳喳的女生进来呢？同学们虽然在表面装出硬汉或软派的样子,但心中却在为身居道内最有名的中学感到骄傲。

可是,如果施行了男女同校,一高就会变成按区域分割的、毫无特色的学校,大家也会从此前的高中精英变成普通高中生。不满和愤怒在伸夫心中翻腾。

不过,在不满情绪中也含有对男女同校的期待和好奇,这也是不争的事实。

施行男女同校之后会有什么样的女孩进来呢？教室的一半被女孩占据,课堂会变成什么样呢？女孩的学习成绩能好多少呢？

伸夫尝试想象自己旁边坐着身穿水手服女生的情景,却没有浮现出具体的形象。不管怎么说,跟女人坐在一起上课学习太脱离现实,而且教室里会变得女人气浓重,哪里还能学得进去呢？

还有一个令伸夫心情郁闷的是,新学期开始后,国语课的山中老师就要转到东高中去了。虽然另有几位老师也要调动,但跟山中老师离别是最痛苦的事情。

"你们多好呀！能跟山中老师在一起。"

伸夫向转到东高的同学一说,那个男生立刻回嘴。

"还是你好啦！可以继续留在这里。听说东高连男厕所都没有哦！"

东高以前确实是市立女子高中。

"不过,现在正抓紧改建吧？"

"改建也来不及呀！连小便都得进女厕所呢！"

"女厕所我倒是还没进去过呢!"

大家虽然都心有不安,但确实对男女同校也怀抱梦想。

告别仪式后的第二天,山中老师向大家讲述了辞别的话语,最后还开起玩笑来。

"你们下个月就要跟女孩儿们一起学习了,言谈举止要绅士,可别做出发情小狗样的事儿来哦!"

同学们哄堂大笑,老师也苦笑着加上一句:

"相信你们很快就会习惯,要好好用功,别让女孩儿们笑话。"

确实如此。跟女孩们一起上课,就不能像以前那样在课堂上传看黄书、吃"早饭"了。

今后就总会有女孩在身边了——在喜不自禁的同时想到麻烦事也会越来越多,伸夫的心情不免有些沉重。

男女同校第一天,伸夫的印象是"女孩如潮水般汹涌而至"。

他早上照常来到学校附近,只见路上满是身穿藏蓝色外套的女生。伸夫一时以为那都是附近女子学校的学生,可那些藏蓝色学生装却跟伸夫继续前往同一方向,并走进了同一座学生专用便门。

伸夫驻足片刻,观望那汹涌的潮水。

既然是男女同校,男女生人数就应该相同。可是,眼前从街道到校门满是女生,令人产生变成女子学校的错觉。

楼门口的换鞋间也被女生占满,尖利的说话声此起彼伏,男生们都畏缩在角落里。

伸夫在地台边脱下室外用鞋,换上校内专用的趿拉板去了运动场,这里也是遍地女生。

"来势凶猛啊……"

伸夫嘟囔了一句,同行来到学校的松本君也愣愣地望着女子军团。

"看样子我和你要分开啦!"

看了贴在运动场墙上的新班级名单,两人再次对视一下。

"你要多保重哦!"

发展到这一步也都怪女人们开进了学校——伸夫克制住没说出来,到了教室一看,这里也满眼都是女孩。

虽说到集合时刻还有一点点时间,但也已经迫在眼前了。

可奇怪的是,教室里分成了两个阵营,女生聚集在靠近走廊这边,男生聚集在教室最里边,相互没有对话,远远地窥探着对方。

"哎,什么情况?"

伸夫向原先就是同班同学的北田君询问,可北田君望着女生那边也只是歪了歪脑袋。

这完全就是一场革命。在三年前引进了六三三学制,号称教育制度大改革。但对于伸夫来说,这次变化所带来的冲击远远大于上次。

上次虽说是改为新学制,却也只是由初中生变成高中生而已。然而这次却是女孩们就在眼前,自己要跟她们一起上课了。

山中老师告别时曾说"可别做出发情小狗样的事儿来哦",可眼下根本没有那个闲情逸致,只能目瞪口呆地隔空远望女子军团。

没过多久,班主任老师走进教室,刚才叽叽喳喳的教室里顿时安静下来。

新班主任是姓伊藤的英语老师。伸夫以前就上过伊藤老师的课,所以早就熟悉,而女生和来自其他高中的男生当然是初次见面。

伊藤老师先做了自我介绍,然后说从今天起大家在同一个班级学习,要和睦相处,共创优秀班集体。接下来就要安排座位了。

原以为排座位要按照姓氏拼音的顺序,可伊藤老师却把男女生按身高排序,然后让个头较矮的同学坐在前边。由于课桌是排成纵向八列的单人桌,所以就从靠走廊这边开始男女交叉排列。

自己的邻座是谁? 男生和女生都心情紧张地望着对方的行列。那边既有远远望去依然引人注目的可爱女孩,也有令人敬而远之的女生,还有瘦得撑不起制服的女生和体格高大能当相扑力士的女生。

大家从前排向后一个个地列坐,伸夫排在靠走廊这一列的倒数第三个,接着坐在邻桌的是来自市立女子学校名叫中井洋子的女孩。她稍微有些凸脑门,长相不算漂亮,但身材苗条,水手服也很得体。偷眼打量,她脑门凸显可能是因为头发编起拢在脑后的缘故。

伸夫窥探对方时,发现对方也在朝这边看,伸夫慌忙避开视线,对方也避开了视线。

全班同学座位排定之后,伸夫再次环顾周围,不知是幸运还是不幸,他的座位靠着走廊,只有一侧坐着女生,而其他人却都是两侧都有女生。虽然他感到这样有失公平,但回头看看后边,由于女生较少,后边的男生旁边连一个女生都没有。

"倒是比他们强点儿……"

伸夫一边安慰自己一边朝前边看去,只见北田君旁边就坐着刚才那位可爱女孩。

"那小子,运气不错嘛!"

他这回又感到自己有些吃亏,便把视线转向邻座的女孩。

心神不定的不只是伸夫,男生都在羞涩而担心地环顾周围。与此相比,女生们却面不改色,也不知是装腔作势还是满不在乎。

全班同学坐好之后,伊藤老师开始按名单依次点名,并让大家做自我介绍。

"我叫阿部雄一,来自一高,请多关照。"

因为开头较为简单,于是大家都照样只介绍自己的姓名。但是,从半截开始,那个可爱女孩站起来主动介绍了自己的爱好和绰号,教室里响起掌声,气氛就轻松多了。

车到山前必有路,看样子以后会比预料的进行顺利。

不过,这个过程未必单纯。

由于学生半数为女孩,所以教室里的气氛当然会发生变化,而且男生的服装和态度也很快发生了变化。

以前强装硬汉、故意穿破旧斗篷和秃齿木屐的人,忽然换上大衣和新鞋来学校了。其中还有人身穿时髦的短大衣,脖子上围着可能是跟姐姐借的红围巾。原先以赤足过冬、以皲裂为荣的男生,这回却脚蹬白袜和运动鞋上学了。

显而易见，他们这样做都是因为特别在意新同学中的女生的目光。

不过，虽然大半男生都装扮得衣冠楚楚，却仍然有人倒行逆施。主要是隶属于运动部和拉拉队的人，他们的服装破旧不堪，腰间夸耀地吊着像是浸了菜汤的汗巾，走起路来也故意迈着外八字踱方步，硬充好汉似的对女生不屑一顾。

这种两极化倾向还体现在对女生的接触方式上，既有轻松攀谈、多方照顾的类型，还有几乎不跟女生说话、貌似对女人毫无兴趣的类型。特别是后者，总是做出一本正经的表情，每当女人们发出爽朗的谈笑声就貌似不快地皱起眉头。

其实，他们并非真的对女生毫不关心，莫如说他们也许在根本上比软派更加关心。但由于与生俱来的羞怯心理和此前的惯性，他们不能坦率地表示好意，只是闷在心里而坚持寡言少语。

伸夫当然不是硬派，但虽说如此倒也不是软派。因为他只是不愿做出被人嘲笑的姿态，所以或许应该称作"心情软派"。

但是，在男女同校施行后不久的一天，伸夫藏在课桌下的鞋子不知为何跑到前边女生的位置，并且被那个女生交给了班主任。

"这双鞋是谁的？"

鞋子被班主任高高举起，女生中响起了笑声。

那是一双已经变成红褐色的军靴，虽然在当时并非稀奇之物，但因为老旧走形，看上去穿这鞋的肯定是一双傻大脚。

伸夫一眼认出那是自己的鞋，可他没有说出来，而是扭头望着侧面。

"是谁呀？没有鞋可就回不了家啦！"

听到再次询问，伸夫慢慢地举起了手。女生们一齐回过头来。

"是高村的吗？鞋袋呢？"

"我忘带了。"

"不装袋会弄脏教室，你就放在报纸上吧！"

"是！"

伸夫点头答应，心里觉得班主任特别可恨。

把这种鞋拿到大家面前展示，有这个必要吗？没有鞋确实回不了家，可是放在讲台旁边过后自己去取不就行了吗？虽说如此，那个急着把鞋交给老师的女人究竟是何居心？简直无法理解。如果学校里只有男生的话，肯定不会管这种闲事，只会把鞋放在教室的角落。

"所以女人特别可恶……"伸夫心里嘀咕道。

不可否认，就因为穿了不合脚的鞋，女人们在他心目中的形象一落千丈。

此后数日之间，伸夫心神不定、情绪低落。

他对自己说，大可不必只因鞋不合脚被笑话而介怀，自己完全可以挺起胸膛表示自己的脚就能穿这么大的鞋。不过，他毕竟没有这种气度。

不仅仅是伸夫，所有的男生似乎都在煞费苦心地引起女生注意。虽然有人精心打扮，有人对女生温情脉脉，有人强装硬汉，可目的却完全相同。

然而，女孩们的理解方式却是多种多样。尽管有人精心打扮、温情脉脉却遭到反感——那个人好恶心呀！而有人少言寡语、不吭不哈却得到好评——那个人好酷哦！有的男生总是端着架子，见面只说一声"早"，却有女生说他"好可爱"。

不过，其中对女生极具感召力的无疑是学习成绩优秀的男生。虽然对于打扮优雅和强装硬汉的评价见仁见智，但头脑聪明的男生总是所有女生憧憬的目标。

班级里学习成绩最好的桥本君虽然个头较矮，却以端正的相貌和秀才所特具的姿态拥有压倒性的人气。在上物理和数学等选修课时，很多女生都想坐在他的旁边。

有些男生冷眼以对那些靠装扮和温情博得女生青睐的人，而对成绩优秀的男生却不得不刮目相看。而且，如果那个男生并不特别喜欢女性的话，那就简直无可挑剔了。

说老实话，伸夫在学习方面不得不甘拜下风。在以前的考试中，虽然偶尔会高高在上，但整体上却仍然靠后。

不过，从整个班级来讲，伸夫倒也不算太差。虽然考试成绩好歹都能合格，但这样却不足以胜过桥本君。而且，仅仅是学习成绩优秀还会造成态度生硬的印象，女孩也难以接近。实际上对桥本君心怀好感的女生并不在少数，却几乎无人与他亲切交谈。

"那种类型太没劲了！"

伸夫虽然对桥本有几分同情，但还是要考虑其他更为理想的类型。

"既学习好又有亲和力,还能逗女生发笑,这才是最高境界啊!"

然而,实际上伸夫根本不可能扮演那种角色。学习方面暂且不说,对女生展示亲和力已是相当不易,还得说话风趣幽默,这可是难上加难。

伸夫本来就连向女人搭话都很难为情,言谈举止也不能轻松自如。他甚至对街坊家的女孩弓子都没说过话,所以即使现在突然想说也不是张口就能来的。

伸夫观察整个班级发现,在一般平民区长大、特别是商家的孩子更能自然地接近女人。他们擅于随机搭话,并很快与对方融洽地一起大呼小叫。与之相比,像伸夫这样住在富人区的工薪族子弟则总是慢半拍。在这方面女孩也是一样,商家的女儿就能比较开朗地攀谈。

伸夫邻座的中井洋子家在市内最繁华的街道开料理店,因此她在哪儿都不会露怯。第一个向伸夫问"你家是在圆山吗"的人也是中井洋子。

从那以后相互就开始熟悉了,可伸夫还是有些不自然。他总是思前想后:自己跟男孩什么话都能说,可对女孩也那样说会不会被笑话?如果太接近女孩的话别人会不会有看法?

"我应该再放松一些。"

伸夫虽然心里这样想,可是跟女生单独在一起时却依然拘谨。

其他男生虽然嘴上不说,但似乎也有同样的苦恼。因为他们常常指责那些跟女孩接近的男生,所以从这一点也能推测出来。

"那小子是个软派嘛!"

他们虽然嘴上这样指责,但心里却非常羡慕。

正像软派和硬汉对待女生态度截然不同,在学习方面也会分为两派。一派当然是为了让女孩看到自己学习成绩好而突然开始刻苦用功的群体,虽然其中也有想以用功学习引人注目的,但大半都是稍作准备,只求不在课堂上出丑。

在课堂上老师会点名提问,如果此时无言以答、进退两难可就太丢面子了。就算在课间休息时能跟女生逗乐聚集人气,但如果在课堂上成为笑料却只会带来相反的效果。

不过,在原本就不擅于学习的同学中,还有从最初就已放弃学业的人。当老师指名提问时他就回答说"不会",即使老师斥其"真没用"他也还是一声不吭,老师说"站着吧",他就老老实实地站在讲台旁边。

虽然放弃努力确实不应该,但那种坦诚的态度却相当豪爽。不过,与其说是坦诚豪爽莫如说是破罐破摔。而女生中既有说"像个硬汉"的赞赏者,也有说"好可怜哦"的同情者。

这一点说起来也与针对软派的硬汉相同,这毫无疑问就是不擅于学习者倒打一耙的自我表现。

另外还有以显示自己体育好来代替学习好的同学。这种类型虽然在课堂上畏畏缩缩,可一到体操课和放学后就突然变得生龙活虎起来。

如果当了运动部的明星选手,在女孩中的人气就会急剧上升,并转化为一种动力激励选手们更加发奋。

尽管每个人情况不同，但男生都很在意女生的目光，所以刻苦用功、努力表现。

二

男女同校之后转眼就过了三个月。

虽然男生女生最初只是因为感到新鲜而隔空相望，但只过一个月就轻松交谈，异性意识也淡薄了。

当女生中出现了"阿富"的绰号时，男生也跟着一起叫。当男生中有人被叫作"大叔"时，女生也使用这个绰号。

称呼者和被称呼者感觉都极为自然，并没有特别的异性意识。

这或许应该称作年轻的适应能力。

在三个月之后，伸夫发现了一个新的事实——女生中也有学习很差的孩子。

不知什么原因，在男女同校的初期，伸夫深信女生全都学习成绩优秀。她们总是使用崭新的笔记本和削得很整齐的铅笔，老师一开始讲课，她们就一字不落似的记笔记，几乎无人交头接耳、左顾右盼。

表面看去她们似乎相当认真，学习能力很强。

可是，一旦进行测试，成绩靠前的却大都是男生，而女生只有极少一部分。有的女孩也会在老师点名提问时无言以答，有的还会尴尬得要哭出来。

"怎么？没想到女的也有学习不好的呀！"

伸夫颇感扫兴，同时心情也轻松了许多。不过，这也是男生们的共同感觉。

特别是在学习方面，男生往往会对女生过高评价。

"女的为什么那么拼命记笔记却学不好呢？"

"不会是因为记笔记把精力耗尽了吧？"

"其实她们只是死记硬背而已嘛！"

"可也不该那么差呀！"

男生们议论纷纷，对自己占据了优势而感到自豪。

不过，说到学习之外的事情，优越感也就不那么理直气壮了。

例如，女生在课外活动时指出，有很多男生在做值日清扫时偷懒。

"既然如此，最好让男生女生分开值日。"

有的女生还如此明确点名批评。

此外，还有人向在午饭时间之前吃盒饭的"早饭族"发出抱怨。

"在课间吃盒饭，教室里到处都是怪味儿，所以应该禁止！"

还有人把男生悄悄塞进女生书包里的情书交给老师并发出呼吁。

"请不要再搞这种恶作剧了！"

这些事情在男生看来没什么大不了，可女生却似乎难以接受。而且，她们提出的诉求从表面上看都无可非议，所以男生们毫无反驳的余地。

"女人这东西相当厉害呀!"

这种感叹也是男人们的真情实感。

在最初的新鲜感过去之后,男女生之间重新形成了较为亲近的团团伙伙。

座位相距较近是形成小团伙最简单的理由,尽管程度有所区别却都大同小异。当然,其中有的特别亲近,在上课时也会交头接耳或互相借用铅笔和橡皮,看到的人不禁想皱眉咋舌。

虽说如此,因为这都是很自然的接近方式,所以别人也没理由挑毛病。

另一种极为自然的实例就是通过加入兴趣活动小组相互接近,像排球部和乒乓球部等女生较多,拉近关系的机会似乎更多。特别是在放学后还要训练到很晚,在活动结束时相互慰劳一声"辛苦啦",这是十分可喜的情景。

与此相比,稍显可怜的就是棒球部和足球部,连一个女生都没有。但尽管如此,在对外比赛中听到"高志君,加油"的尖叫声,伸夫就羡慕地想"要是我也那么棒该多好"。

其他的像合唱部、报刊部、理科研究班等文化相关小组虽然也有相互接近的机会,但由于比较低调所以不像运动部那么显眼。

除了这些因座位靠近和通过课外活动相互接近的情况之外,还有因性情相近而亲密的同学。在这种类型中还有秘密活动的实例。

例如在课间休息时去不惹人注意的校园角落里晒太阳聊天的二

人组。虽然因为都是同班同学又是在屋外而没什么不自然,但两人坐在草丛中的背影却有种"私会勿扰"的氛围。

另外,有的男女生会在放学时脱离群体双双离校。

伸夫虽然心里觉得那两人关系不错,却无意做进一步的猜测。

实际上即使进一步猜测,两人也并非是在做坏事。而且,那坏事到底是什么也无从得知。

与这些秘密发展的二人组相反,还有大大方方主动告白的同学。

当然,这几乎都只是男生的表现。不过,一旦明确宣告"我喜欢那女生",其他人也就没了冷嘲热讽的兴致。

采取这种方式的同学大都学习不太用功,表面看似坦率大方,其实也是一种破罐破摔的态度。如果干脆明确告白,就可以避免各种臆测,对同一位女生怀有好感的男生也会因此而放弃。虽然看似漫不经心,但其实男生也相当工于心计。

另一方面,也会有女生说出自己所喜欢的男生。不过因为是女生,所以不会像男生那样直白。

当选修课堂上出现座位变动的机会时,女生就会占据自己心仪男生旁边的座位,然后开始搭话。稍有不懂之处立刻去找该男生询问,不管听懂听不懂都会做出满意的表情点头。而且会为他削铅笔,看到他袖口有褶皱就帮着抚平,照顾得相当周到。

在这个过程中,男生也会有所觉察开始难为情,可女生却毫无害羞的样子。可能是因为女生一旦明确表示喜欢对方就会坦然自若,反倒更加大胆。

除此之外,有的同学会悄悄递送情书,相反有的同学则会故意恶作剧。后者表面看去像是厌恶对方,但其实有时是为引起对方关注而故作姿态。

其典型实例就是安岛君试探女生左右田亮子的恶作剧。

那是在某日下午英语课开始之前,安岛君把一条酷似实物的玩具蛇放进亮子同学的桌斗里。亮子同学完全不知,在伸手取书时大声喊叫起来。

"啊——"

亮子同学惨叫一声当场倒下。当然,她很快清醒过来,可接着就放声大哭根本无法上课。

班主任伊藤老师高高举起玩具蛇扫视教室问"这是谁搞的恶作剧",过了片刻安岛君站起身来。

"是你干的吗? 混蛋东西! "

老师挥起手中的名册在安岛君头上拍了一下追问。

"你为什么要干这种事情?"

可是,安岛君根本无法回答这种问题。有些同学了解安岛君的心思,所以知道他是因为喜欢亮子同学才这样做的。

"你这样做伤着人怎么办? 快道歉! "

安岛君面朝正在低头哭泣的亮子同学默默鞠躬致歉。

虽然安岛君未必居心叵测,可女孩只是看见玩具蛇就被吓晕实在令人意外。这种反应未免有些夸张,不过或许也能说明从纯男生生活中过来的感觉差异很大。

可是,事到如今再说这些也于事无补了。

"去讲台前面站着!"

老师又拍了一下安岛君的脑袋,随即手指前方发出指令。安岛君大模大样痛快地走到讲台旁面向同学们站下。

"怎么会干出这种傻事?"

老师又申斥了一句,然后转向还在抽泣的亮子同学。

"好啦,别害怕!只是个玩具而已。"

老师再次恨恨地盯了一眼玩具蛇,随即啪的一声丢进讲台旁的垃圾箱里。

"那么,今天从读本的第二十页、第三课开始。"

老师开始上课,同学们把视线转向课本。

"我先读,大家一起跟我朗读!"

老师开始领读,同学们齐声跟读。

在读书声中,安岛君独自面向大家直立不动,表情既不悲哀也不愤怒,当然也不可能笑,与平时并无两样。以某种眼光来看,他的表情像是受到训斥反倒非常痛快。

伸夫望着安岛君的面孔,忽然觉得他就像背着十字架的耶稣。

他虽然喜欢亮子同学可是表达却不得法,把怪诞的玩具蛇放进对方的桌斗招致失败。他本来应该采用亲和而高雅的方式接近亮子同学,可那种方式又不适合他。而这样做才符合安岛君的性格,因为他根本不可能想到别的方式。

望着没说一句辩解话的安岛君,伸夫开始觉得他挺可怜,并感到还在用手帕擦眼泪的亮子同学太可气了。

差不多就行啦！一条玩具蛇至于吓成那样吗？

望着不停哭泣的亮子同学，伸夫觉得男人跟女人简直就是互不相容的两类东西。就像男人的道理无法跟女人说通一样，女人的道理跟男人也说不通。

男女同校确实增添了某些乐趣，但同时令人厌烦的事情也有所增加。虽然具体说来显得幼稚可笑，但其根本原因应该就是男女之间横亘着不可逾越的鸿沟。

不过虽说如此，安岛君那天的表现着实令人称道。他面向全班同学站在讲台旁纹丝不动，而且笔直挺立，视线一直紧紧地盯着亮子同学。

"我是因为喜欢你才搞的恶作剧，可你却一点儿都不明白，真傻！"

安岛君的眼神看上去像在呐喊，又像是在倾诉"虽然我做得不对，但你应该懂我的心思"。

可是，不知亮子本人是否理解安岛君的心意，她又大叫一声趴在了课桌上。

"你怎么啦？头还晕吗？"

老师慌忙走了过去，亮子同学依然趴着小声嘟囔：

"安岛君……"

"什么，安岛怎么啦？"

"他瞪我。"

老师回头一看，安岛君双眼依然盯着亮子同学毫不动摇。

"哎，你还想欺负她吗？"

"……"

"好吧，那你站到后边去！"

这回安岛君站在了教室后边放鞋袋、挂大衣的墙边。

"听着，你就在这儿拿着课本学习吧！"

老师像是突然想起，把安岛君课桌上的英语读本递了过去。

"从前，有个叫二宫尊德的人就是站着学习的。"

同学们听到这话都笑了起来，安岛君面不改色，依然从后边盯着亮子同学。

"你小子真固执……"

老师也苦笑一下继续上课，像是不想再管了。

安岛君就那样站着，直到下课后才获得了解放。

"你听好，以后再胡来就不许你上课了。"

老师用名册又拍了安岛君一下。结果，在此次骚动中体现硬汉风貌的是安岛君本人。

安岛君虽然遭到呵斥却毫不辩解，那他始终堂堂正正挺立不动的姿态确实令人佩服。这才是真正的硬派男子汉。

不过，女生们的评价却并不那么理想。多数女孩都说"安岛君太粗野、太纠缠人了，真恶心"，还有人说"被那种人盯上，左右田同学太倒霉啦"。

到头来，安岛君得到的只是在男生中的人气上升，而女生却唯恐避之不及,亮子本人也越来越讨厌他。因此,安岛君煞费苦心的表现也无果而终。

"女人真是搞不懂啊!"

同情安岛君的男生们嘟嘟囔囔,可最后也只能以叹息告终。

伸夫对同班女生村井麻子产生兴趣,是在男女同校之后五个月的时候。

此前麻子同学就坐在伸夫旁边那行前三的座位上,因为不太显眼,伸夫没跟她说过话。在午休和放学后,女生们总是三五成群地聊天。但即使在这种时候,麻子同学也是既不会成为中心也不会尖声大笑。可能由于生性腼腆,她在课间也只是跟坐在后边座位的铃木圣子同学窃窃私语,不太加入团团伙伙。当然,她也不会在课堂上踊跃举手发言,更不会在课外活动上发表意见。

她剪着娃娃头,水手服也穿得很正统,不像一部分女生那样为引人注目而降低胸扣的位置或改短裙摆。她长相平平,不算美女却也没什么缺点。

伸夫第一次跟她说话是在第二学期开始的八月底。

伸夫家在本市的山手区,离学校三公里路程,他总是步行上学。那天他跟也是住在西山边的松本君同行回家,但他半路要去一个地方,于是在电车大街分别。独自一人走老路回家有些无聊,于是他在半路朝北转弯。当他来到九条大街时,村井麻子突然从右方出现了。

那个街角是一片空地,大波斯菊正在美丽绽放,使伸夫一时陷入错觉,感到村井麻子仿佛来自花丛之中。

"啊——"

伸夫含混不清地打了声招呼,村井麻子也停下脚步微微点头。

"你家在这边?"

"就在前边的儿童公园旁边。"

"那挺近的嘛!"

两人自然而然地并肩而行。

"你每次都从这儿走吗?"

"从电车大街过来。"

以前上学和放学都没碰到过村井麻子,好像就是因为经由路线不同。

"我家在圆山附近哦!"

"知道。我从那边走过。"

听村井麻子说她知道自己家的地点,伸夫心情骤然激动起来。

"可是,我真不知道就这么近啊!"

伸夫重新打量村井麻子,只见她身穿水手服,手提藏蓝色书包,脚穿白色运动鞋。路旁有棵高大的榆树,叶片在初秋明亮的阳光下闪闪发光。在树叶亮光的映照下,村井麻子的脸色看似有些苍白。

"你早上一般几点出门?"

"七点半左右。"

"你早上也走电车大街吗?"

"因为我跟小泉同学一起走。"

伸夫跟松本君相约同行,而村井麻子好像是跟姓小泉的女生一起去学校。要想跟村井麻子单独同行,伸夫就得跟松本君分开,而村井麻子也必须跟小泉同学各行其道。

"我是第一次走这条路。"

"这条路安静,我喜欢。"

伸夫点了点头,发现自己正在跟村井麻子单独走路。当然,因为男女同校,所以同学相伴上学实属正常。不过,男女同校刚开始不久,身穿黑色立领学生装的男生跟穿水手服的女生一起走路的身影还很稀罕。有些货车司机和路边的修路工都会揶揄说"小哥儿,亲密点儿嘛",而周围的人也会用既像羡慕又像担心的目光盯着说"世道变啦"。

"你星期天一般都做些什么?"

伸夫边问边与村井麻子稍稍拉开距离,而村井麻子也稍稍错后些回答。

"听听唱片啦,读读书啦,还有就是上街买东西。"

"那,你也会来我家前面的市场吗?"

"常常经过那里。"

虽然只说了两三句话,但伸夫喜欢村井麻子那种文静态度。虽然以前她并不显眼,可在单独交谈时却意外地感到这女孩性格爽快。最可喜的是,她不会像邻桌的中井洋子那样哈哈大笑和高声说话。虽然因为刚刚开始接触而了解不多,不过看样子村井麻子是个能够控制情绪的女孩。

"你暑假怎么过的？"

"去妈妈的老家，然后随意闲逛。"

"老家？"

"在余市。"

伸夫顿时感到自己错过了享受浪漫的大好时机。如果能早些接近村井麻子的话，暑假期间也许就去海水浴和登山了。

"余市离海边很近吧？"

"我不会游泳。"

怪不得她皮肤那么白。伸夫对村井麻子皮肤白且不会游泳也感到很可喜。

"女孩还是不会游泳好啊！"

"不过，如果会游泳感觉一定很棒吧？"

伸夫感到似乎嗅到了村井麻子的味道，既像发乳的清香又像透明秋风般的味道。

"你不是一直住这儿吧？"

"我家是三年前搬来的。"

伸夫对儿童公园周围也大体熟悉，可从未见过村井麻子这样的女孩。

"你跟谁比较亲近？"

"我怕生，所以很难跟人亲近。"

村井麻子提着书包和鞋袋，只见那鞋袋上绣着花朵，还用红丝线绣着"ASAKO。

"你跟小泉同学挺亲近吧？"

"因为以前在同一所学校。"

前方有三棵高大的白杨树，再向前还能看到儿童公园的白漆木牌。走过那里就得跟村井麻子分别了，想到这里伸夫突然有些焦急起来。

在分别之前，必须赶快说句具有决定性意义的话，例如希望再次见面、希望来我家附近时打声招呼等等，可结果还没说出来就分别了。

三

不过，自从认识了村井麻子之后，伸夫觉得自己突然像个大人了。

当然，虽说是认识了，却并非与村井麻子有过书信往来或接过吻，只是在放学回家路上和教室里单独交谈过而已，内容也只是"昨晚几点睡觉""下个星期天干什么"等简单的对话。

但是，村井麻子已经占据了伸夫的大脑。虽然在跟同学玩耍和用功学习时会暂时忘记，可一旦解放出来就会立刻想起村井麻子。在课堂上老师提问时他担心她不会解答，考试时也担心她不会做题，课间休息时还想知道她在干什么。

伸夫以前只需考虑自己的事情即可，而现在必须多考虑一个人的事情，并且不能在同学面前暴露自己的想法。

在顾忌周围的同时挂念另外一个人,这是伸夫以前从未经历过的状态,所以他感到有些累。

自己为什么会陷入如此麻烦的境地？如果能做到的话真想逃出这种困境。但其实伸夫并不愿意这样做。不仅不愿意,他还会在对自己生气的同时欣然接受这种状态。

爱一个人很难或许说的就是这种状态。

伸夫发出一声叹息并忽然想到,大人们也许就总是在重复与此相似的状态。

可能大人们就深陷于这种恋爱的问题当中,而且比自己现在所经历的要复杂好几个级别。

以前一直以为大人们只是早起上班晚上回家吃饭睡觉,但现在看起来并不那么单纯。其中似乎不仅隐藏着个人好恶,还隐藏着爱憎等各种感情的波动。

以前在知道大人们都有性行为时,感觉眼界似乎突然开阔起来。而当现在对一个女性心怀好感时,伸夫感到自己似乎窥见了前方的另一个世界。

"自己是不是就这样渐渐地变成大人呢？"

伸夫自言自语,并对正在向未知世界走去的自己感到了几分恐惧。

"真的能行吗？"

伸夫对自己和迫近的未来产生了不安,而且这种隐忧越来越强烈了。

北海道的女生制服以六月中旬北海道神宫祭礼为分界换成夏季的白色水手服，并从十月初换回冬季的藏蓝色长袖服。

秋意阑珊，一齐换上藏蓝色水手服的女生们忽然显得格外妩媚。

当然，也许那并非只是因为换了服装，而是经过从春到秋的半年时间，女生们迅速具备了"女人味道"。她们正在长个子，仅仅一个月不见也会有明显的变化。而且，伸夫他们这些男生已经没有了男女同校初期的新奇感觉，开始能够平静地观察女同学了。

在上课时老师提问，前排的女生举手发言，她们的短上衣下摆就会露出白色衬衣，不知是衬裙还是无袖衬衫，看上去似乎有种丝滑感。

伸夫从后排看见了女生瞬间闪现的内衣，一时感到浑身发热。

另外，在上课时斜前方的女生偶尔抬手拢发，便会露出脖颈和耳后雪白的肌肤。女生似乎漫不经心，却会使伸夫他们呼吸变得急促起来。

还有，伸夫在走廊上有时会看到女生裙子侧面挂钩滑脱，闪现出里面的内衣。女生中还有人特意把水手服的领口改低，把裙摆改短。

这一个个细节都会刺激伸夫，使他困窘不已。不过，男生们都假装没看见，也不会说出来。当然，在男生之间的交谈中，也几乎不会触及这些细节。

大家都有所感觉却心照不宣，因为如果说出来恐怕会遭到轻蔑——你好色！虽然他们对性的感兴超人一倍，却羞于被视为"好色之徒"。男生们不会像露骨宣扬的中年人那样大胆而不知羞耻，不仅如此，在上学和回家路上看到下流男人对同班女生说"哎，小姐"时，他们还会勃然大怒。

他们虽然心里想过自己总有一天也会变成那样，但还是觉得言语轻浮的大人们太龌龊，甚至想啐他们一口。

这种洁癖或许就是使男生不会轻易踏入性的世界的原因。再加上缺乏性体验的不安和不自信，也使他们远离现实中的性行为。

不过，即使施行了男女同校，伸夫的自慰行为仍在持续。他仍在暗自寻购黄色书刊，看到精美的裸体插图就剪下收藏起来，而且在阅读和观赏之后总是沉湎于自慰行为。

不过奇妙的是，在这种时候他大脑中并不会浮现出同班女生，当然更不会出现村井麻子。他在自慰时想象的是一般的裸体插图和模糊不清的女性形象，并非现实当中认识的女子。

每天都与同班女生接触和交谈，可为什么在自慰时却不会在大脑中描画出她们的形象呢？虽然水手服后襟下露出的衬衣和拢起头发时露出的后颈肌肤都会带来刺激，可一到关键时刻却不见了踪影。

当然，伸夫并非在认真思索这个问题，其实准确地讲，也许就是因为不那样想象也能完成自慰行为，所以根本没必要思索。

但是，不可否认的是，伸夫心中并不愿意在自慰时想象同班女生。这或许是由于他不愿让同学陪伴自己做不洁行为，此外他还可能觉得以熟悉的人为对象不够新鲜刺激。

现实与梦境截然不同。

他在夜晚沉湎于自慰，到了早上又精神饱满地去学校跟女生们玩耍。他的身影中没有丝毫暗自沉溺于自慰的男性腥臊味。

四

冬雪降临札幌的街道,圣诞节即将到来。繁华街上播放着《铃儿响叮当》的乐曲,被雪花遮蔽的橱窗里装饰着五光十色的照明。

那时电视机、洗衣机尚未出现,生活还很艰难,但街道上总是洋溢着蓬勃的活力。

街道在瑞雪中彻底改观,女生们也随之大变。

此前她们只穿藏蓝色水手服,而现在又加上了一件深藏蓝色大衣,脚蹬黑色长靴。爱打扮的女孩还在大衣领口露出红格围脖,戴上白毛线五指手套提着藏蓝色书包。

藏蓝色大衣与白雪十分相称,透出一种纯纯的小清新感觉。

其中还有患感冒的女孩,戴着白色大口罩。戴着口罩稍显虚弱的女孩连连轻咳,那姿态有种妙不可言的娇媚感,令男人们不禁想伸手相助。或许就是由于这一点,有的女孩偶感风寒便戴上口罩,为的是故作柔弱无助之态。

这种女孩一般都是大眼睛、长睫毛,戴口罩的样子相当有型。

"因为那小丫是个'口罩美女'嘛!"

伸夫他们总是用揶揄的语调品头论足。不过,观赏口罩美女的感觉倒也不错。

"蒜头鼻女孩都该戴口罩哦!"

他们边调侃边等着看下一个戴口罩来的女孩是谁。

可是,虽然天气转冷,村井麻子却从未戴过口罩。有的人会被寒风吹成红脸蛋,有的人会变得脸色苍白,而村井麻子则属于后者。当然,脸蛋红到像苹果的人顶多只到本州最北端的津轻一带为止,而在寒潮凶猛的北海道似乎后者居多。

村井麻子梳着微微向内弯曲的搭肩发,身穿极为普通的藏蓝色大衣,脚蹬黑色长靴。虽然乍看并无奇特之处,但与她朴素的性格完全相符,伸夫反而特别喜欢。

"圣诞节怎么过?"

冬季天短,太阳已经沉向西山。伸夫跟村井麻子在西斜的阳光中并肩前行。

"我会待在家里。高村君呢?"

邻座的中井洋子家要召开圣诞晚会,伸夫接到了她的邀请。中井洋子是本市有数的著名菜馆家的女儿,家里房子很大,朋友中爱花哨的女孩也多。伸夫虽然对她并非特别关注,但因为座位较近,所以一有什么聚会总是跟两三个男孩同时受到邀约。

"我有个聚会……"

"是在中井同学家吧?"

伸夫本以为村井麻子不知道,可她好像已经有所了解。也许因为中井洋子本来就爱讲排场,所以大家早已预料到她家要开圣诞晚会。

"我本来不太想去……"

"可是,到时候会有好吃的吧? 你还是去吧!"

傍晚路面的积雪已经冻冰,村井麻子的嗓音特别通透。

"在那之前,能不能见一面?"

平安夜那天是星期六,如此欢乐的日子村井麻子却要在家里跟母亲平淡地度过,实在太可怜了。

"三点钟在四丁目的富贵堂前怎么样?"

"要上街吗?"

此前两人会面都是在九条大街的书店前,即使同时离开学校各自跟朋友走别的路线,来到九条大街时也会自然相遇。就算当时碰不到,只要稍稍走慢一些,或者进书店稍等也肯定能见面。

可是,去热闹的繁华街会面却从未有过。

"偶尔也去大街上看看吧!"

总是说些无聊的闲话走老路回家实在没意思。

"可以吧?"

伸夫再次催促,村井麻子轻轻点头。虽然没有吭声,但看到她率真的肯定态度,伸夫越发感到她可爱了。

平安夜那天,伸夫中午出门坐公共汽车前往市中心。北海道的学校寒假期间比暑假长,从三天前就已经进入假期了。

伸夫在四丁目下车,冒着小雪步行片刻进了一家百货店。他想给村井麻子送个礼物。

以前伸夫在父母生日时都没送过礼物,更别说圣诞节了。说到旅游也只是去抓野兔和挖红薯,连修学旅行都不曾有过。至少直到上高中的一九四九年之前，他为自己吃饱肚子已是竭尽全力，根本没钱给别人买礼物。

但是，现在他却突然要给女孩选购礼物了。

原定预算为十块钱左右，可一旦找起来却感到很难。

首先，伸夫根本不知道村井麻子想要什么样的东西。而且，自己的装束别人一看就知道是高中生，所以更不好意思在礼品柜台前转来转去，担心会被店员看穿是想给"她"买礼物。如果再被学校男生看见的话，肯定会说他是个"软派家伙"。

老在一处转悠未免反常，犹豫了半个小时之后，他终于下决心买了个手工花篮上带日历的摆件。虽然价格稍稍超过预算，但估计日历会在村井麻子自家的书桌上摆一年时间。

"是送人的吧？要绑丝带吗？"

伸夫听到询问点了点头，店员便在包装盒上绑了红丝带。

怎么动作那么慢呢？快点儿不行吗？伸夫望着女店员的手万分焦急。礼物终于包好递来，他接过去就逃跑似的离开了柜台。

他在其他柜台前转悠了片刻，到三点钟时来到富贵堂门前。天空从近午时分飘起小雪，现在越下越大，从电车下来的人都低着头竖起大衣领。商店玻璃门前站着很多人，一看便知跟伸夫同样是在等人。

由于此时是圣诞节前一天星期六的下午，所以其中年轻人居多，但也几乎都是二十多岁。虽然也有貌似高中生的，却都是三五成群，没有人像伸夫这样独自等候。

环视周围片刻,伸夫转身背对大街望着橱窗,各色新书在玻璃窗内闪闪发亮。只要放松自如地观赏书刊,应该不会太像在等人的样子。

伸夫就这样望着橱窗里面走了个来回,这时村井麻子在人群当中出现了。

她可能是在马路对面的车站下车,绿灯亮时就跟行人一起走过马路。身材娇小的村井麻子夹在大人们中间,时隐时现地朝这边走来。

真的能跟村井麻子会面了——伸夫确认之后又把视线转向橱窗。

虽说不是什么故作姿态,但伸夫想在见面那一瞬之前让村井麻子发现自己。

伸夫把全身的神经都集中在背部,眼睛继续望着橱窗。旁边突然有人轻推伸夫的手臂,由于靠近入口,所以他以为是顾客。可抬头一看,却是村井麻子。

"原来是你! 吓我一跳! "

伸夫刚才以为村井麻子会拍他后背,只见她微笑着点了点头。

"等了好久? "

"没,走吧! "

伸夫立刻离开店门口,先自向变成绿灯的路口走去。

说老实话,伸夫跟村井麻子见面后并没有下一步打算,只需把礼物交给对方就达到今天的目的了。

过了路口就是刚才买礼物的百货店,前方是大通公园。夏季期间公园里树木郁郁葱葱,长凳上坐满了游客。而现在却被白雪覆盖,人影寥寥。

伸夫先走到大通大街,然后才跟村井麻子并排朝望得见西山的方向走去。

"果然下雪啦!"

天气预报说星期六下午开始下雪。

"你很忙吗?"

"出门时'科罗'要跟我走,撵它回去费了些时间。"

科罗是村井麻子家喂养的小柴狗。

伸夫的手插在大衣袋里握着礼物,心中考虑着交给村井麻子的时机和要说的道白。

"雪挺大呀!"

马路对面亮着灯,看样子是咖啡馆。伸夫从未独自进去过,即使现在鼓起勇气进去,跟村井麻子两人恐怕也坐不安稳。

"冷吗?"

"不冷啊!"

村井麻子摇了摇头。确实如此,下雪的天空被厚厚的云层遮盖,地面反倒暖和一些。但是,雪花落在村井麻子的头顶和大衣肩头,并纷纷扬扬地飘向脚下的小路。

"这个……"

榆树的光秃树枝伸展在雪道上方,走过树下时伸夫从衣袋里掏出了小纸盒。

"这是给你的圣诞节礼物。"

村井麻子立刻停下脚步,惊讶地仰望伸夫。

"我可以收下吗?"

伸夫点了点头,村井麻子就戴着白毛线手套接过小纸盒,并双手捧着走了一段路。

"我太高兴了! 圣诞节收到礼物这是第一次哦!"

伸夫也是第一次给女孩送礼物。

"我现在看可以吗?"

"过后再看吧!"

让村井麻子当面看自己送的礼物,伸夫有些难为情。

伸夫生气似的说完,村井麻子就点了点头。

大雪依然飘飘洒洒。雪中行让伸夫产生了错觉,恍若两人完全被飞雪罩在其中。在大雪纷飞中无人能看到自己的身影,也不会有人来打扰。雪帘仿佛是为将两人与世隔绝从天而降。

"冷吗?"

"不冷啊!"

伸夫问了同样的问题,村井麻子作出了同样的回答。

就这样走下去会到哪儿呢? 两人会面时总是只管走路,如果有地方休息就好了,可眼下是冬季,连可坐的长凳都没有。

"该回去了吧?"

伸夫一开口,立刻对自己的问话惊诧不已。

难得村井麻子顺从地跟到这里,自己怎么会这样冷漠?可是,他此时又想不出什么适当的话语。

他之所以会问麻子"该回去了吧",是因为不忍心拉着她在雪中漫无目标地走路。

"前面就快到八丁目站了。"

"高村君呢?"

"我暂时……"

"要去中井同学家吧?"

中井洋子家的晚会从六点钟开始,倒是还有些时间,但伸夫无法忍受自己只会在雪中走路。

"明白啦!那我就此告辞了。"

"我送你去车站吧!"

"不用了。我一个人能回去。"

村井麻子停下脚步再次仰望伸夫。

"真心感谢你送我礼物。"

村井麻子直视着伸夫,雪花向她的脸庞飘落,在额头和睫毛上化为水珠。

"再见!"

村井麻子轻轻点头,伸夫不知该怎样应答,呆呆地站在雪地当中。

五

在向村井麻子赠送圣诞节礼物之后，伸夫去参加了中井洋子家的圣诞晚会。他在度过欢乐时光的同时也感到不安，担心自己会渐渐地变成软派。

在男女同校之前，伸夫觉得自己忠实遵守"质实刚健"的校训，是一名脚踏实地的高中生。虽然他并不属于拉拉队和运动部等硬派团队，但心中依然向往"硬汉"。虽然他沉湎于看黄书和自慰行为，但在现实当中并没有接近女人去鬼混的念头。

然而，在男女同校之后，只要去了学校，身边就会有很多女性。无论是否感兴趣，都必须跟女性接触和交谈。

在这种环境当中，硬汉和质实刚健就都褪色殆尽了。

这些全是男女同校导致的结果。

不过，伸夫无意反对男女同校制度本身。

在男女同校的高中里偶尔会发生异性间的不正当交往和怀孕风波，此时社会上的有识之士就会发声批评，将那些事件归咎于允许年轻男女相互接近的男女同校制度。即使并没有那么严重，可就连轻微的风纪混乱和礼仪缺失的问题也都归咎于男女同校制度。

每当听到或在杂志上看到这种意见，伸夫都会心生不快。

他们往往只是抓住负面现象，却忽视了男女同校带来的正面效应。例如，由于施行了男女同校制度，校园的清洁度确实今非昔比，课堂上和课间休息时的气氛也变得平稳和谐。在以前的纯男生时期，男生们总是一味地紧绷神经,对女性也是一本正经,而现在都已经能轻松自如地跟女性交谈了。他们学习也更加努力,而且通过相互交流更深地了解了对方。最可喜的是,他们认识到女性并不是什么特殊的东西,与男人没有太大的差异。在男女同校之后,或许风纪问题确实有所增加,但正面效应也应该完全可以弥补。

如果现在对男女同校进行问卷调查的话,高中生中会有百分之九十九的人表示赞成。

事实上,没有男女同校的高中生也都向往于此,而且事到如今伸夫他们也不想再返回男子高中了。这与在女生中有没有人气毫无关联。

坦白地说,伸夫现在已无法想象只有男生的学校,那种高中只能给人一种纯粹由乌鸦聚集而成的沉闷印象。

大人们对男女同校吹毛求疵,是不是因为他们没能享受到那种乐趣而心怀嫉妒呢?

不过,伸夫虽然作出了这样的推测,但不可否认,他在心底角落里还是向往男子高中。

不可思议的是,这种想法只是在独自一人时忽然掠过脑际。

我做这种事情妥当吗?给女孩赠送礼物、去女生家参加圣诞节晚会,这样做是不是过于轻浮了呢?男人是不是应该更加定力十足和坚韧不拔呢?

心中突然涌起硬派的情感,伸夫又觉得男子高中生那乌鸦般的黑色群体顿时变成了坚定勇敢的硬汉群体。

特别是在进行棒球和篮球等对外比赛时,那种情感就愈加深厚。

在男女同校的高中里,当运动场看台上响起男生"某某君,加油"的呐喊声时,其中理所当然地也夹杂着女声。与此相对,在男子高中的看台上,就只有"坚持、坚持"的号子声和男生们声嘶力竭的呐喊声了。

听着那种呐喊声,既觉得男子高中的学生挺可怜,又觉得虽然没有女孩参与却仍在奋斗的他们才像硬汉,性格特别豪爽。

男子高中的学生们当然也会注意到这方面的现象,当女生的尖叫声太强时就会起哄地喊"三垒,别娘娘腔哟""软派游击手要投可怕的地滚球啦",有的选手就会因此而接球失误。

不可否认,出现这种失误就是因为男生对花哨的女生拉拉队很难为情。

与选手们相同,伸夫他们也会因为借女孩拉拉队之力赢球而心怀愧疚。

他们会感到有人在对他们说"比赛是纯爷们儿之间的事,要靠真本事赢球"。

这种愧疚感还会在走路和乘电车时忽然涌上伸夫的心头。己方有女生参与,而对手却只有男生,因此腰杆自然挺不起来。虽然并非有人盯着自己,可还是会像做错了事似的缩在角落里。

伸夫这种对男子高中的向往,也许跟从小学时代一直接受男孩式教育不无关联。"男女七岁不同席"的古训已在大脑中扎根,再加上以前学校就是因为拥有清一色的男生而成为名校,所以不能不说他对此怀有一种乡愁。

虽说事到如今伸夫并不愿意恢复到只有男生的高中，但偶尔也会心生不安，担心学校和自己都会很快失去男子汉气概。

当然，尽管如此，要是问到"男子汉气概"是什么的话，伸夫也未必能够说得清楚。他虽然也能想到"坚韧不拔""英勇顽强"这类词语，但要想描绘出具体的形象却很不容易，顶多也就是"不对女孩黏黏糊糊"这种模糊概念。

"不过，我可不是对女孩黏黏糊糊那种人哦！"

伸夫自我安慰以求宽心。

同班同学当中有些家伙只要有空就凑到女生身旁，呶呶不休地说些无聊的事情。从这一点来看，虽说他去参加了女生家的圣诞节晚会，但还有其他伙伴，而且只不过是应邀赴约而已。但他仍有一点担心，就是给村井麻子送过礼物。幸亏这件事还无人知晓。

从表面上看，伸夫既说不上是硬派，但也说不上是软派。

不过，今后还会脚步不停地走向软派的预感却在他心中卷起漩涡。这一点确切无疑。

他虽然现在轻蔑软派那帮人，但在心底却也有向往的成分。

他虽然对硬派也是同样的心情，但现在却对软派兴趣更大。他之所以害怕自己变成软派，认为自己不可以那样，无疑就是因为倾向软派的意念过强。

在现阶段能够止住脚步吗？还是会被一鼓作气地拖入软派群体呢？他虽然知道这取决于自己的定力，但又预感到只要稍有机遇就会立即崩溃。

"你可要坚定啊！"

伸夫口中嘟囔着，同时对心中潜藏的另一个自己感到了几分恐惧。

六

北国的漫长寒假结束，在第三学期开始的第一个星期五，伸夫收到了一封信。

当然，虽说是信，其实只是在稿纸上端潦草地写着："明天，星期六，放学后我在图书室等你。时任纯子。"

伸夫看完信后朝斜前方纯子的座位瞅了一眼，却不见她的身影。

时任纯子在某个圈子内被称为天才少女画家，她的作品曾入选北海道画展和女画家展，常常外出旅行写生或参加相关活动。再加上据说肺部有病，所以她常常早退或请假。

因为上午确实看到过她，所以她可能是在午休时间把信放进伸夫桌斗后就早退了。

但虽说如此，伸夫以前跟纯子只是站在走廊里说过两次话。第一次是在夏初，还是在通向图书室的走廊里相遇时，伸夫谈起了前一天的课外活动，说的是因为老师只对纯子一个人迟到早退采取宽容态度，所以同学们对此表示了不满，提意见说"至少早退时应该向老师请示批准"。由于那次活动是伸夫担任主持人，所以虽然感到这个角色不好当，但他还是坦率地向纯子转达了同学们的意见。

纯子一声不吭地聆听，然后双眼直视伸夫。

"我明白啦！你要说的只是这件事吗？"

"希望你不要误解，我并不是想埋怨你，只是觉得你以前的做法有点儿不妥而已。"

"好吧！那下次我休息时就请假呗！"

"我倒不是想叫你休息，只是想向你转达一下同学们的意见。"

"谢谢你的忠告。"

伸夫原先并不想转达这件事情，只是因为偶然在走廊上相遇，看到纯子故作姿态地走过来，就突然想说出来。不可否认，在他这个念头的背后也有对纯子的反感，因为她平时总是以天才画家自居，做事任性随意。

另一次是在物理考试的第二天放学之后。在考试中，时间才过了一半，纯子就第一个交了卷。后来大家都十分惊讶地议论：缺了那么多课还这么早交卷，真不愧是秀才！

"你心眼儿好坏哦！"

伸夫一时搞不懂纯子为什么这样说。纯子瞪着大眼睛直视着他。

"昨天考试，我明明不会，你还不告诉我呀！"

由于物理是选修科目，昨天纯子偶然坐在了伸夫旁边，可伸夫并不知道她不会做题。

"你是不想让我看见，所以才那样把胳膊肘撑起来的吧？"

"可你不是第一个交卷的吗？"

"可我交的是白卷呀！这都怪你哦！"

纯子如此诋赖确实令伸夫不堪忍受。

"我前一天晚上必须完成一部画稿，哪儿能顾得上复习嘛！"

"既然画画儿那么重要，你去美术学校不是更好吗？"

伸夫见纯子把一切都归罪于他人，就愤怒地向她反问。

"原来你就是这样的人啊！"

纯子只说了这一句就快步扬长而去。

伸夫与纯子单独交谈仅此两次，而且两次都不愉快。从那以后，伸夫就一直躲避纯子，而纯子也无视伸夫的存在。

就是这个纯子，今天给他的课桌里塞进一封约会邀请信。

"这是真的吗？"

伸夫感到难以置信，再次看看那封信，上面写着纯子独特的圆润字体，稿纸一端印有她姐姐——诗人时任兰子的名字。

她为什么给我这种东西？是艺术家常有的心血来潮，还是讽刺？如果是真的，她或许是想把自己叫去横加指责。

不过，自己也不妨好好听听那个任性女人说些什么。

望着那封信，伸夫产生了另一种好奇心。

说老实话，伸夫以前跟纯子交谈时总像是处在下风。可能是因为他把对方看成天才画家，刚一见面就萎缩了。

不过，这次可是对方提出了见面要求。既然是对方主动邀约，自己完全可以落落大方地赴约。

第二天放学之后，伸夫按照信上所指，从主楼经过连廊去了图书室。寒假刚刚结束的图书室里空空荡荡,只有两个学生在书架前浏览,但也是很快就离开了。

室内只剩伸夫一个人了,于是他开始翻阅摆在角落里的杂志。

又过了几分钟,伸夫感到身后有人就转身一看,只见纯子走近前来。她身向前倾压低脚步声,就跟上课早退时悄悄溜出教室时的姿势一样。

"抱歉!等了好久?"

听到她的第一句话,伸夫觉得不可思议:纯子此时的语调与以前不同,含有几分亲切感。

"找个地方吧?"

"找个地方?"

"去咖啡馆吧?"

伸夫以前别说去咖啡馆了,就连咖啡都没喝过。在那个时代,普通家庭连买粮钱都凑不够,能享受喝咖啡那种优雅气氛的人极为有限。何况高中生带伙伴去咖啡馆,那更是绝无仅有。

"四丁目不是有家'米蕾特'吗?去那儿怎么样?"

伸夫从来没去过,所以即使问他"怎么样"也是一无所知,而且衣袋里只有很少的零钱。

"这太突然了……"

"不要紧,我很熟。"

伸夫没再说什么,穿上大衣就出了门。

整个上午都还晴朗的天空不知何时开始飘雪,寒气似乎也因此而有所缓和。伸夫穿着藏蓝色的旧短大衣,而纯子则身穿鲜红色的大衣、头戴贝雷帽。路上行人频频回头看她,其中还有人认识她,低声说出她的名字。

在这样的目光中,跟在纯子身后的伸夫既感到很难为情,又感到自己高贵了许多。

"虽然给你写了信,但我还以为你不会来呢!"

纯子边走边说,伸夫在她身后拉开半步跟着。

"为什么?"

"为什么?!你不是讨厌我吗?"

"不……"

伸夫刚开口又沉默不语了。

此前他确实在躲避纯子并无视她的存在,可那是针对任性随意的纯子,而不是像今天这样温顺的纯子。

"你到底还是喜欢麻子同学那样温顺的人吧?"

村井麻子的名字突然出现令伸夫深感意外,而纯子却依然双手插兜满不在乎。

"那个人真有女人味儿啊!"

纯子表面像在夸赞村井麻子,但其话语中却似乎含有轻微的侮蔑之意。

不过,伸夫对纯子如此了解村井麻子感到十分惊讶。即使说到此前与村井麻子约会,也只是在放学回家路上交谈过几次而已。虽然在圣诞节前给村井麻子送过礼物,但那也只是两人之间的秘密。

可是,纯子怎么会知道村井麻子的情况呢?难道是在教室里从村井麻子偶尔说出三言两语的态度上推测出来的吗?

天才少女的直觉果然比常人更敏锐吗?

不过,无论直觉怎样敏锐,能够有这种感觉,或许就是因为她对他两人的关系很感兴趣。

如此看来,纯子果然是真心关注自己吗?

想到这里,伸夫浑身开始冒汗,这个以前从远处观望的女人突然有了几分亲近感。仅仅想到她在关注自己,伸夫就产生了腾云驾雾般魂不守舍的感觉。

但是,不知纯子是否觉察到伸夫激荡的心情,她依然十分平淡地款款前行,不久便推开了米蕾特的厚玻璃门。

在一瞬之间,眼前的雪景就变成了飘溢着温馨的咖啡味和香烟味的咖啡馆。从中间往里面还有空包座,在他们朝里走的过程中,几个男人向纯子举手或点头。而且,在纯子坐下之后,还有两个男人过来说"上次那个很好嘛""下一幅插画要抓紧点儿哦"。

看样子他们都在报社或出版社工作。

伸夫看到纯子跟他们对等交谈,再次对她的交际之广感到惊讶。

"咖啡要哪种啊?"

"要哪种……"

"有摩卡啦蓝山等各种品牌,普通的可以吗?"

"好……"

在纯子的面前,而且是在咖啡馆里,伸夫就像是个幼童。他只能随声附和,同时发现自己几乎完全是个不谙世事的高中生。

"你常来这儿吗?"

"是啊……每天至少来一次吧。"

看样子,纯子所栖居的世界与伸夫他们截然不同。

没过多久,咖啡端上来了,而伸夫却不知道该怎么喝。纯子先放入砂糖,再放入少量牛奶并搅拌几下。伸夫看过之后如法操作,然后喝了一口。

咖啡竟是一种既甜又苦的奇妙味道。

这种东西怎么会好喝呢?真不知道那些喝得有滋有味的人是怎么想的。

"打扰一下,可以吗?"

像是看准了时机,另一个男人走过来搭话,可能是要协商晚上聚会的事情。此番交谈结束之后,又有个梳着大背头貌似画家的男人过来,说了两三句话把纯子逗笑。然后,又有个貌似报社职员的男人过来。他们都只跟纯子交谈,完全无视伸夫的存在。

看样子,纯子是在这里跟他们边聊天边谈工作,并收集各方信息。

过了半个小时,伸夫喝完咖啡正百无聊赖,纯子开口发问。

"回去吧?"

"好……"

伸夫还在琢磨收费的事情,而纯子已迅速拿起账单朝收款台走去。

两人来到外边，只见雪下得更大了，人们都把脸颊埋在大衣领中。

"谢谢你请我喝咖啡。"

伸夫郑重其事地俯首致谢，纯子满面笑容地点了点头。

"不必啦！我是大款嘛！"

纯子的绘画作品好像已经相当畅销，并且在为报纸和杂志画插图。虽然难以想象她的画作价值几何，但伸夫他们肯定无法与之相比。

"那就在这儿告辞吧？"

两人从米蕾特向北走到一个路口，纯子就停下了脚步。

"难得的星期六还把你拉着到处跑，请原谅！"

"哪里……"

虽说是拉着到处跑，但跟着引人注目的纯子倒是特别拉风，还第一次进咖啡馆喝了咖啡，伸夫已相当满足。

"还想跟我见面吗？"

"真的吗？"

"这个，你过后看看吧！"纯子从大衣兜里掏出一个小信封，"我写了一首诗，是为你哦！"

纯子递来信封，伸夫像接过炸弹般小心翼翼。

"好啦，再见！"

纯子只说了这些就翩然转身，朝两人刚才喝过咖啡的米蕾特原路返回。

伸夫等红大衣消失在雪中人群之间后,向前走了五十多米,来到一小片空地拆开了信封。

信封里装着与昨天同样的稿纸,打开后看到同样圆润的笔体写着如下内容:

我知道

你怨恨我

我明白

你厌恶我

可是

在怨恨中隐含着温存

在厌恶中隐含着挚爱

想必你已发现

有怨恨有厌恶

远远胜过无动于衷

纯子

大片雪花落在稿纸上,伸夫一边留意不让融雪弄湿稿纸一边重读纯子的诗。

这是什么意思?难道纯子看透了自己的心思?

可是,这并不像表示愤怒或憎恨的文字。虽然真意不明,但似乎多少隐含着某种好感。

七

在认识时任纯子之后，伸夫感到自己好像突然成了大人。

虽说如此，这并非等于了解了纯子的一切，只不过是偶然应邀去咖啡馆里喝了咖啡、简短地谈论学校和家里的事情而已。两人本来就是同班同学，所以记住姓名和长相纯属理所当然。

不过，这回却增加了单独会面的条件。

以前同班同学中尚未有人与纯子单独约会。本来纯子比较早熟，感觉她好像在跟画家和记者之类的中年男子交往，却没有一个关系较近的高中生。男生们虽然都对纯子心怀好奇和景慕，也只不过是把她作为远离自己的存在隔空遥望而已。

伸夫就是跟这样的女性一起走在大街上。

而且，主动发出邀约的是纯子。伸夫自己并没有这种愿望，是对方主动向他搭话的。

而且，两人一起去的是咖啡馆，伸夫在那里第一次喝了咖啡，并了解到那里是各种身份成年人聚集的场所。

不仅如此，纯子还在分别时把自己写的诗交给了伸夫，虽然内容尚未完全搞清楚，但她对自己有好感这一点已确切无疑。

对于伸夫来说，与纯子度过的时光虽然短暂，但整个过程的一切都是新鲜的体验。他似乎借此窥见了从未想象过的世界。

若能做到，伸夫很想把此事告诉别人。

如果告诉同学"我跟纯子一起去咖啡馆啦"，他们肯定会惊讶不已、羡慕不已。

跟纯子约会之后，伸夫感兴趣的对象完全为之改变。

这并非是指每天的生活为之改变，他每天早晨还是两点一线、上学回家，晚上有作业就做，没有作业就读书听广播。

虽然在表面上生活节奏似乎一如既往，但大脑的某个角落里却总有纯子的身影。虽然在跟同学交谈和专注于体育活动时也会暂时忘记，但在其他时间里却总是挂念着纯子。

她今天会不会来学校上课？如果来的话会不会认真听课？她那个人说不定什么时候就会早退。她什么时候还会发出约会的邀请？她不再去旅行写生了吗？伸夫的想象一旦开始就没完没了。

虽然只约会过一次，可自己却如此思绪万千——伸夫感到匪夷所思。以前总是轻蔑地想"时任纯子那种人……"，那或许都是自己徒然虚张声势而已。

不过虽说如此，跟纯子约会确实充满了刺激。

第一次约会就突然被带进咖啡馆令伸夫深感意外，但后来她也约他去了不曾预料到的地方。

第二次约会先是在伸夫从未进过的商厦画廊里碰头，然后一起去了钟塔后面的荞面屋。对于以前在外面只吃过拉面的伸夫来说，纯子为他点的蘸汁凉荞面真是稀罕风味。伸夫等她先开始吃，然后才学着她的样子做，但纯子皱着眉头小声提示：

"伸夫，别把太多面条放在蘸汁里呀！"

从第二次约会开始,纯子就直呼其名了。同班女生直呼其名这是第一次。不过,因为是纯子,所以伸夫心里并未产生什么反感。非但如此,伸夫觉得这是双方关系亲密的证据,反倒因此而十分高兴。

实际上,由于约会时总是以纯子为主导,所以被她直呼其名也是无可奈何的事情。

"NO、BU、O……"

纯子在呼唤伸夫时,最后一个音节"O"总是向上挑起,比母亲的呼唤听着温馨,还有几分发嗲的感觉。

伸夫按照纯子的提示,夹起一小撮面条放在蘸汁里。

"阿姨,来碗面汤!"

把面汤倒在剩下的蘸汁里喝掉,也是伸夫此时才听说的常识。

当时还特别稀罕的巧克力和冰淇淋,也是在跟纯子一起去的咖啡馆里初次品尝到。

不过,最具刺激性的还是跟纯子一起喝的酒和抽的烟。

伸夫以前不曾知晓,据说纯子从高一时就开始抽烟了。

伸夫初次看到她抽烟是在第三次约会的时候。依然是在那家画家们聚集的咖啡馆里,纯子在跟中年男友们交谈时,从大衣袋里掏出了香烟。红色包装盒正面印着"光"字,符合外表华贵的纯子的风格。

纯子从盒里抽出一支香烟夹在指间,正在跟她交谈的男子十分自然地凑上打火机。从这个情景来看,周围的男性对还是高中生的她抽烟没有表示出任何的异样感。

实际上她抽烟的架势已算得上登堂入室。那么浓烈的烟团,伸夫只是看看都感到会呛着，而她却能精彩地吞云吐雾。

伸夫看得入迷，纯子就把香烟递了过来。

"抽一支试试？"

"不……"

伸夫慌忙摇头，纯子莞尔一笑。

"是啊！你是优秀生嘛！"

"倒也不是……"

如果被辅导委员老师看到自己在这种场所抽烟，真不知道会受到什么处分。

"不会的啦！乌鸦哪能进这里来呀？"

由于多数辅导委员老师都穿着暗色西装，而且会带来令人厌恶的消息，所以学生们称其为"乌鸦"。

"这里的人都会保护我们哦！"

确实如此，咖啡馆里聚集的顾客多数都戴着贝雷帽留着长发，颇具艺术家范儿，看样子会抵制乌鸦们的管制。而且，即使被乌鸦们发现了，但由于纯子是艺术家们的伙伴，或许会得到宽容。

"你不抽吗？"

纯子再次询问，伸夫就叼上了一支。可是，他刚抽了一口就呛得咳嗽起来。

"很快就能习惯啦！"

纯子看到伸夫呛得难受，反而露出开心的样子。

与抽烟相同，初尝威士忌也是在跟纯子一起去的酒吧。那里也与咖啡馆相同,貌似与纯子熟悉的艺术家顾客很多。这家酒吧只有一张L形吧台,店主是个叫"阿泽"的中年男子。

"你喝加冰威士忌吗?"

听纯子这样问,伸夫虽然不知怎么回事也还是点了点头。

以前只是在过年时跟父亲喝过屠苏酒,那也只是四五盅而已。父亲说声"差不多行了",他就顺从地放下酒盅,而且他自己也没想多喝。

端上来的威士忌酒加了碳酸感觉就像汽水,但喝下去却相当有劲。

"我一般都是喝两杯,喜欢浑身稍稍发热的感觉。"

纯子似乎已经完全习以为常,把玻璃杯中的冰块晃得叮当作响。

"再来一杯怎么样?"

伸夫就顺从地追加了一杯。因为连同龄女孩都满不在乎,所以伸夫羞于自甘落后,于是他振奋精神端起了酒杯。

三杯威士忌酒下肚之后,伸夫去厕所时就感到腿脚有些发软。

"你可要挺住哦!"

伸夫一边鼓励自己一边对自己酒量太小感到气恼。

平心而论,纯子在所有的方面都比较早熟。

看样子,无论是去咖啡馆还是荞面屋乃至酒吧,对于纯子来说简直就是家常便饭。虽然班里也有不良少年和软派的团伙,可他们也未必能像纯子这样豪放,即使抽烟喝酒也是在厕所或公园的角落里,提心吊胆显得有些猥琐。

与他们相比,纯子的姿态却落落大方毫不露怯,毫不忌避周围的目光,悠然自得地与周围气氛和谐相融。

那或许是自诩艺术家的信念使然,但换个角度来看又像是破罐破摔的感觉。哪里还像个高中生——虽然招人颦蹙侧目,但纯子的态度就像是在享受作恶,像是在挑衅那些道貌岸然的成年人。

然而奇妙的是,老师和周围的成年人都对纯子十分宽容,明明知道她每夜抽烟喝酒却无人指手画脚。

那孩子特殊——纯子的身边已经营造出这种氛围,于是她就利用这种特殊的待遇乐在其中。

虽说如此,纯子怎么会有那么多钱呢? 伸夫感到不可思议。

即便伸夫说“我来付钱”并想拿起账单,可纯子却微笑着说“不用啦,我是大款”。

听纯子这样一说,伸夫就像着了魔似的哑然无语了。

看样子,纯子确实靠自己的画作和插图获得了不少收入。

“我在这里都是记账,你就别操心了。”

在喝威士忌酒的酒吧里,听到此话的伸夫既惊讶又激动:上高中的女孩可以在酒吧里记账,这简直令人难以置信。伸夫望着纯子的侧脸,再次惊叹于她的神通广大。

总而言之,只要跟纯子在一起,完全没必要担心钱的问题。此事乍看似乎令人感激,但伸夫心里却不是个滋味。身为大男人却让女人付钱——伸夫无法从这种负疚感中解脱出来。

在跟纯子接近一个月之后,伸夫决定就在学校的图书部活动室里跟她会面。

所幸的是,图书室就在由连廊相接的副楼里,一层是阅览室,二层分为书库和课外活动室。

从男女同校开始,伸夫就分属于图书部。但由于高年级前辈从寒假结束后开始专注于高考复习,所以伸夫实际上相当于图书部的负责人。

虽然图书室里有位年轻的女馆员,但图书部成员都把称呼"阿姨"的"阿"字去掉直接叫"姨"。在午休和放学之后,成员们总是集中在活动室里,围着"姨"聊天说笑度过欢乐时光。他们就这样从五点一直待到将近六点,有时还会待到勤杂工进来把炉火清理掉。

不管怎么说,二楼的图书部活动室里有种密室般的氛围,是成员们绝佳的聚集场所。

伸夫知道,那个房间在勤杂工清理炉火之后就不会再有人去了。

"我们六点钟去那儿见面吧!到了那个时间就没事儿啦!"

因为伸夫保管着活动室的钥匙,所以两人进去后只需把门反锁就没问题了。

"大家都回家后就不会有人去了。"

虽然咖啡馆和酒吧倒也不错,但周围总有纯子的朋友。说起来是约会,但实际上那些男人常来打扰,伸夫实在难以平心静气。此外还得花不少钱,而且说不定哪天就会被辅导委员老师发现。

当然,即使钻在图书部活动室里,也未必能够保证不被老师发现。虽说这里是副楼,但因为还是在校内,所以值班老师当然会来巡查。

不过,他们都几乎只是巡查到楼门口,确认上锁之后就会离开。因为有楼门和活动室这双重门锁,所以只要待在室内不出声就不必担心被发现。而且,即使万一被发现就说是在整理图书,这个理由也完全可以成立。

"这里离你家近,很快就能到吧?"

所幸从纯子家到学校用不了两三分钟。因为距离很近,她在冬天有时不穿大衣就直接跑进学校里来。

"虽然没有炉火有点儿冷,但多少还会有些余温。"

可能是因为爱冒险的纯子觉得好玩,所以她立即点头同意了。

约会那天,成员们照例在"姨"的下班时刻五点钟全都撤了。

伸夫也暂时跟大家一起放学离校,但走到半路又原路返回,并在勤杂工室要了楼门钥匙前往活动室。

一月的下午五点多天色已暗,炉火也已被清理,室内寂静无声。伸夫望着大雪已停的窗外等候,只听门声轻响,纯子出现了。

"没事儿吧?"

纯子点了点头,随即像猫一般溜进室内。伸夫见状把一层的楼门和活动室门都上了锁。

"已经不会有人来啦!"

"果然挺冷啊!"

"那你穿上这个吧!"

伸夫想把自己的大衣披在纯子身上,纯子摇了摇头从大衣兜里掏出一个小瓶子。

"来喝这个吧!"

那是小瓶装的威士忌酒。伸夫从格架上拿来玻璃杯,纯子就把威士忌倒上。

"干杯!"

两人对视一下喝了一口酒,伸夫立刻就被呛住了。

"兑点儿水就好啦!"

伸夫按照纯子说的给自己的酒杯里加了水,给纯子的酒杯里也加上水。

"真安静啊!"

"简直不像学校,是吧?"

"我可以抽烟吗?"

"当然,没问题呀!"

纯子叼上一支"光"牌香烟并擦着了火柴,黑暗中瞬间浮现出她白色的脸庞旋即消失,只有香烟的火光在黑暗中微微颤动。

"因为亮灯就会被发现里边有人哦!"

"这样就挺好呀!"

白雪反光和窗外附近的街灯微微映出纯子的脸庞。

"以后就在这儿见面吧?"

"是啊!"

纯子点点头把酒杯放在桌子上,然后把面孔正对伸夫。

"伸夫,吻我吧!"

伸夫一时怀疑自己的耳朵,虽然就在眼前听到,却仿佛刮向远方的风声。

"伸夫……"

听到再次呼唤,伸夫坐正了姿态。

"可以吗?"

纯子没有答话,坐在原处不动。在已经适应了黑暗的视野中,可以看到纯子闭着眼睛微微翘起下巴。

仿佛受到那片白色的吸引,伸夫来到纯子面前。

简直难以想象,纯子的脸庞就在眼前。伸夫以前从未如此近距离地看过女人的面孔,尽管没有开灯,但轮廓姣美的鼻梁、柔润的嘴唇乃至脖颈下面都历历在目。

可是,伸夫还在迟疑。真的可以就这样接吻吗?这会不会是纯子式的游戏呢?如果真的凑过去,她会不会立刻躲开呢?

若是放过了眼前的机会,恐怕永远都不能接吻了。既然是男人就应该大胆向前——伸夫就像听到魔咒般闭住了眼睛。

这样看不到纯子的脸庞,伸夫就稍稍放大了胆量,随即把嘴唇慢慢地凑近了纯子。

不过,尽管对方没有抗拒,可接吻却意外困难。伸夫的嘴唇先碰了一下纯子的鼻尖,他稍稍向右错开才终于到达。

不可思议的是,初吻的感触却是凉冰冰的。先前曾听说过热烈甜蜜的接吻之类的形容,但实际感触却相当不同,只是接触到某种柔软物体,并没有什么切实的感觉。

这样就行了吗？伸夫半信半疑继续闭着眼睛,纯子忽然把嘴唇移开。

"行了吧？"

"……"

"来,喝酒吧！"

纯子的嗓音意外清醒,伸夫闻声慌忙睁开眼睛。纯子轻轻地叹息一声,然后像什么事情都没发生似的又端起了酒杯。

"喝吗？"

伸夫用兴奋之余的沙哑嗓音询问,同时对纯子刚才发出的叹息有几分介怀。

"来,多倒些！"

伸夫慌忙用衣袖擦擦嘴唇,随即往纯子的酒杯里倒上了威士忌。

"你也喝吧！"

伸夫顺从地给自己的酒杯里也倒上了威士忌。

这回纯子只是默默地端起酒杯,伸夫随之也把酒杯轻轻向前凑一下,然后喝下一口纯威士忌酒。

虽然威士忌酒如同火团般从嗓子灌下,但这回却感觉特别痛快。

"这个我曾经一晚上喝光两瓶呢！"

纯子的嗓音十分爽朗,像是已经忘掉了刚才接过吻。

"那么多……"

伸夫点点头并有些纳闷:刚才的接吻对她来说似乎无所谓。

"只喝一瓶不在话下,要是两瓶就晕乎啦!"

"你真能喝那么多吗?"

"连我自己都感到意外呢!虽然晕乎乎的,但自我感觉却并没有醉哦!"

"那你能回家吗?"

"真是不可思议呀!我都记不清是怎么回到家的,可醒来后却发现躺在自家的被窝里。"

伸夫耳听纯子说话,心中却依然在想刚才接吻的事情。

初吻的感触冰凉而虚幻,并不如想象中那样美妙,距离梦境般的快感也相当遥远。不过,接触纯子嘴唇的实感似乎还存在。

不管怎么说,眼前那对嘴唇就是自己亲吻过的。每当纯子说话和喝威士忌时,自己所亲吻过的嘴唇就会张合跃动。

"我还曾经喝醉酒倒在雪地里了呢!"

"听说在雪地里睡着了会很危险。"

"是啊!不过,喝醉酒后雪花落在脸上感觉特爽哦!"

"那可不行啊!报纸上常常报道,有人因为喝醉酒而在外面冻死了呢!"

伸夫不想让纯子做出那种事情。

"不要超过一瓶!"

可是,纯子就像没听见,把双手合在胸前不停地跺脚。

"还是有些冷啊!"

"你把这个穿上吧!"

伸夫把自己的大衣披在纯子肩头,突然感到允许他接吻的纯子更加可爱了。

八

随着与纯子越来越亲密,村井麻子渐渐从伸夫的心中淡出了。

以前伸夫在上学放学路上和课间休息时总会挂念村井麻子,可现在心里却已经放不下纯子了。他明知放学后走哪条路能与村井麻子相遇,却觉得没必要特意转弯。早上明知稍稍绕路就能碰到村井麻子,结果却选择了近道。

不过,这并不等于他对村井麻子产生了厌烦情绪,依然觉得她是个既不显眼又内敛的可心女孩,但他却不愿勉强地去与村井麻子相见。

在这种心理的背后,还存在着与纯子亲近的负疚感。如果见到了村井麻子,她也许会追问自己与纯子的事情。这种心理已经成为负担,所以伸夫总是在回避村井麻子。

不过,与村井麻子疏远的最大原因就在于纯子的位置更加重要。

纯子所做之事的规格远远大于以前的高中生。

突然有女孩送来情书,还带他去了艺术家聚集的咖啡馆和能记账的酒吧,深夜在学校的图书部活动室里密会,喝了威士忌酒还接吻——这些对伸夫来说都是初次体验,充满了新鲜的刺激感。

与跟纯子的隐秘接触相比,跟村井麻子的约会简直幼稚可笑,只是在放学回家路上若无其事地相遇交谈而已。唯一堪称成年人所做之事,就是在圣诞节前夕赠送过小小礼物。

在认识纯子之前,伸夫对此已很满足,觉得这已经足够刺激的了。

但是,在更大的刺激面前,那种小刺激立即黯然失色。

在与纯子亲近之后,跟村井麻子做的事情就显得像幼童一样。自己居然那么容易满足,简直太滑稽了!

不过,那当然不是村井麻子的责任。虽说约会的过程没什么情趣可言,但那也是由伸夫自己造成的。如果伸夫主动邀请村井麻子去咖啡馆的话,她或许会欣然前往。伸夫之所以没有那样做,都怪自己无知和怯懦。

伸夫对村井麻子的负疚感,都来自这种缺乏男子气概的怯懦心理。

但即便如此,纯子的所作所为刺激性也过度强烈。对于身体发育成熟、充满了好奇心的高中生来说,她的举动简直是魅力无穷。

看样子,村井麻子似乎已经觉察到伸夫开始回避自己,在午休中视线相遇时,她的眼神中流露出几分怨恨。

但虽说如此,在放学回家路上偶然相遇时,村井麻子也不会责备伸夫,仍像以前那样漫无边际地聊起学校和家里的事情,仍像以前那样不会兴致高涨,分别时也还是只说一句"回见"。

虽然村井麻子似乎还想进一步问些什么,但总是欲言又止。这一点既是她的可爱之处,同时也是她的不足之处。

不过,仔细想来,村井麻子却也没有理由埋怨伸夫。

两人确实常常在上学和放学的路上相遇,圣诞节前夕伸夫也给她送了礼物,但伸夫并没说过"我喜欢你"。而且,实际上同学中也无人认为他俩是明确的恋人关系。

即使如此,伸夫仍然担心村井麻子已经知道了他跟纯子的事情。虽然即便被村井麻子知道倒也没有什么,但还是感觉不太好。也许这样想有些自以为是,但伸夫不想因为这种事伤害她。

不过,村井麻子应该已经觉察到伸夫正在向纯子倾斜。

虽然村井麻子给人的印象是性情温顺、稍显迟钝,但那只是表面现象,其实她也具备了少女所特有的敏锐感。

尽管如此,纯子的态度未免过于大胆,在两个班一起上日本史和地学课时,她就会满不在乎地坐在伸夫旁边。而且,她几乎不听老师讲课,要么就画老师的素描,要么就看法国的翻译小说。另外,她在下课后还会满不在乎地招呼说"伸夫,今天有空儿吗"。

纯子本来就不太顾忌周围。

伸夫虽然对纯子的大胆言行总是胆战心惊,但另一方面却未必没有自豪之感。他甚至想对老师说"众所瞩目的天才少女都在向我靠近呢"。

即便不是村井麻子,别人也当然会感到伸夫与纯子的关系非同寻常。

"时任同学挺不错吧?"

在第三学期快结束的三月初,村井麻子突然提出了这个问题。

此时,在二月末天气异常持续飘落的积雪也开始融化,马路两侧出现了积水。

时隔多日归途中偶遇村井麻子,两人照旧漫无边际地聊天。就在此时,村井麻子突然提出了那个问题。正因为异常突兀,所以使人感到她已经思前想后终于还是一吐为快。

"哪儿有……"

伸夫只说半句话就沉默了。

后半句话没能说出,他以为被村井麻子看透了心思。但是,村井麻子并没有继续追问。

虽然村井麻子问到纯子只有这一次,但正因如此,她或许就在这仅仅一次的提问中寄托了复杂的情思。

从那以后,村井麻子对伸夫的态度骤然转冷。虽然这一点很难具体说清楚,但仍能感到这并非偶然。

例如,以前在归途中相遇时,村井麻子总是露出温和的笑容,但从那以后她就视而不见地扭开脸去。即使伸夫偶尔主动搭话,她也只是应付几句,从不主动跟伸夫交谈。虽然两人并非因为争吵而分手,但她以前那种亲切的表情和态度却已完全消失。

以前从村井麻子身上散发出来的温顺和文静现在已经形影皆无,取而代之只有生硬的表情。

伸夫虽然对此深感失落,但也无意做出辩解。

实际上,即使现在做出辩解,但因为满脑袋都是纯子,所以肯定会显得极不自然。

九

融雪季节到来,伸夫的心绪更加倾向纯子。

当然,纯子照旧为旅行写生和个展频频缺课,即使有时来学校上课,也会以有约稿为由早退。

伸夫无奈只好等待纯子有空闲的时候。不过,纯子每周仍有一次会向伸夫打招呼说"今天有空儿吗"。

伸夫当然没有异议,但会面时间几乎都在晚上。

纯子似乎为了照顾伸夫,尽量约在五点或六点见面,但有时也会在七点或八点。在这种时候,伸夫就先回家吃过晚饭,然后说声"去见同学"就出来了。

母亲虽然对伸夫最近常常晚归和饭后外出有些疑惑,但伸夫每次都会说出同学的名字蒙混过关。

"我一会儿就回来!"

伸夫每次出门时都会打声招呼,但从不说明去什么地方。

两人碰头之后,去的都还是艺术家聚集的咖啡馆或纯子常去的酒吧。

伸夫初尝咖啡时连怎么喝都不知道,而现在已经能够悠然自得地品出几分滋味,进酒吧也不会慌乱无措,已经能坦然自若地坐在吧凳上自己要加冰威士忌了。

虽然纯子递给他香烟时抽得还不够老练,但喝了威士忌和白兰地鸡尾酒的微醺感觉确实很好。

不过,令伸夫心跳加快的还是两人在图书部活动室里见面的时候。

虽然在咖啡馆和酒吧里也能跟纯子在一起,但周围总有认识她的人。虽然那些人对伸夫并未表示反感,却也没把他当作纯子的"他"刮目相看,好像从最初就没把他放在眼里。

随着逐渐习惯,伸夫对他们产生了亲近感,但也确实感到还是没有他们在周围更好。

与此相比,夜晚在图书部活动室里则完全是二人世界。他虽然也会担心被值班的老师发现,但只要待在室内,纯子就确确实实属于自己。

在黑暗中说着悄悄话,情绪渐渐高涨时与纯子接吻。在这种时候,伸夫心中充满了独占纯子的幸福感。

在幽会之后,纯子有时会送伸夫回家。

伸夫家在离繁华街三公里远的西山脚下,两人就溜达着走到那边。

最初跟纯子会面时,街道上还覆盖着厚厚的积雪。而到他习惯了接吻的阶段,积雪已经越来越少,街道两旁开始出现积水。

进入三月,风中已有几分春意,并发现夜间积雪也在融化。

纯子有时把伸夫送到家,有时送到半路。

总让纯子送自己,伸夫感到过意不去,于是说"我再把你送到家吧"。纯子每次都会微笑着回答"不用了,这边有我的熟人"。

伸夫对纯子与自己约会后又去见别人有些不满,但姑且当作她是为了工作，也就不再说什么了。

"再见！"

纯子每次分别时都这样说，而从来不说"晚安"。

伸夫在约会多次后不免对此有些介怀，但他还是没说什么。

"这个、过后看看吧！"

纯子常常会在告辞时交给伸夫自己写的诗歌，用的还是写有姐姐名字"时任兰子"的红线稿纸。

谁先说"再见"

谁就是胜者

谁留在最后

谁就会最惨

虽然我最懂

眼下说再见

实在太心痛

读了几首纯子的诗之后，伸夫写了回信。

他一口气写了三张信纸，第二天重读之后实在羞惭不已。过了两天重写一遍，到第三天才夹在书里交给了纯子。

那封情书被班主任老师交还伸夫是在十天之后。

"高村君，这种东西可不能丢啊！"

在被叫到教师办公室看到自己写的情书时，伸夫顿时有些晕。

"那个……"

他想说那个不是自己丢的而是纯子丢的,可即便这样说了,情书是自己所写这个事实也不可能被推翻。

"捡到它的人立刻上交,所以还算幸运……"

因为在情书的最后写着"伸夫致纯子",所以可能就是依此判明这是伸夫所写。

不过,班主任老师并没有提到情书的内容,最后只补充了一句话:

"有两个错字,我帮你改过啦!"

伸夫鞠躬并接过情书,逃跑似的离开了办公室。

他立刻返回教室去找,可纯子不在,像是已经早退。伸夫无奈只好等到第二天,早上抓住纯子一问,纯子竟爽快地点了点头。

"那果然是丢了吗……"

伸夫难以捉摸纯子的真心。自己搜肠刮肚地想了三天才写出来的情书,她怎么能轻易丢弃呢?这简直就是向全校宣告了两人的关系。

"对不起!"

纯子诚心道歉,但看样子并不像承认自己做错了什么事情。

她的态度像在说"如果有人想说什么就让他说去吧",但仔细想来,当时正是跟纯子关系最为密切的阶段。

不,准确地讲,也许后来去修学旅行时才算是顶峰。

伸夫他们学校由于高考的关系，按照惯例在高三那年的春天组织修学旅行。目的地是京都和奈良，游览之后再去东京，前后总共六晚七天的行程。因为当时还没有客机，全程乘坐火车，所以堪称强行军之旅。

全班当中大概八成人要去，而纯子因为在东京有女画家展就没参加。纯子本来就很少参加运动会和春游等学校组织的例行活动，所以她不参加修学旅行谁都不会觉得奇怪。

伸夫为纯子不能同行感到失落，但纯子已跟他约定自己先行进京，等伸夫到达东京时再相会，这样伸夫已经很满足了。

游览过京都和奈良之后，到达东京时大家都已筋疲力尽。但是，伸夫想到能与纯子相会，反倒精神振奋起来。

伸夫他们就住在后乐园附近的本乡区。第二天是自由活动时间，男生们几乎都去后乐园观看棒球比赛，而伸夫则去上野的美术馆跟纯子会面。

伸夫按照纯子在出发前的提示，在接待处报上姓名并要求通报，没过多久纯子就出现了。

令伸夫意外的是，纯子身穿水手服，头发也没烫而是理了娃娃头，把前额遮住了一截。

"刚才报社的人来拍照啦！因为名目是女学生入选，所以要求这种装束。"

纯子说明了自己穿水手服的原因，随即在樱花初开的公园里款款前行。

"饿了吗？"

"不……"

伸夫摇了摇头。他担心，要是被纯子带到东京这种大都市的餐厅里去，自己恐怕又要慌乱无措了。

"那，我常住的旅馆就在附近，我们去那儿吧！刚好我也想换衣服了。"

伸夫跟纯子两人漫步在公园里的排树之间，对她在上野的美术馆接受报社采访、还在东京拥有常住旅馆更是惊讶不已。

虽然自己与纯子同龄，但她比自己更加成熟和经验丰富。这使伸夫既感到骄傲又有些悲哀。

步行十分钟后两人到达旅馆。这座建筑好像幸免于战火殃及，古旧而且敦实，庭院很深。纯子向前台的女子轻轻扬起手臂就直接通过，随即上了二楼走进最里边的房间。

"就是这里啦！挺安静的吧？"

这是个八铺席的日式房间，窗边有走廊，摆着一把藤椅。

"我去换衣服，你等一下！"

纯子说完把右侧的隔扇门打开，只见隔壁还有个房间，里面好像存放着她的随身携带物品。

伸夫望着纯子的背影，心中在与合睡大房间的自己作比较，对纯子的奢侈惊羡不已。

"要是嫌热就打开窗户吧！"

隔扇门内传出纯子的招呼声。伸夫听到纯子的声音，想到纯子正在隔壁房间里裸体更衣。

伸夫抬手抓住窗框并回过头来，只见隔扇门留着一条窄缝，其间露出裙装的一角。伸夫感到看见了不该看的情景，慌忙把视线转回窗下庭院中的葫芦池。

以前总是这样，伸夫对纯子除了接吻从未有过更多要求。不仅如此，接吻也是纯子主动提出，自己从未强求过。当然，伸夫虽然也曾感受到纯子胸前的丰满，却从未想到直接去触摸。

这与其说是由于伸夫作为男性的欲望过于冷淡，莫如说是由于伸夫自己缺乏勇气。

本来纯子远比自己早熟，如果忘掉这一点向她寻求亲密接触的话，只能暴露自己的幼稚而遭到嘲笑。由于心怀这种忧虑，所以伸夫在纯子面前总是保持低调，包括约会的时间、地点和结束时间全都言听计从。只要是两人单独在一起，主导权就都由纯子掌握。

这种模式或许甚至压抑了伸夫发自欲望的性行为。

总而言之，伸夫的性兴趣虽然强人一倍，可一旦到了动真格的关键时刻却没了胆量。

在家自慰时那么不顾一切，可实际接近女性却连搭话的勇气都没有。在看黄书看裸照时浮想联翩，可一旦面对活生生的女性却立刻颓萎不振。

由于他对村井麻子和中井洋子那些普通女生都是这样，所以对于早熟的纯子就更不可能勇于求爱了。

"怎么，没开窗吗？"

伸夫听到纯子再次招呼扭回头去,只见纯子已换上柔和的白色外套和藏蓝色裙子站在那里。

"是不是有些闷热?"

"啊……"

伸夫红着脸点了点头。纯子麻利地打开窗户,将臂肘搭在扶手上望着庭院。

"在东京的正中央,居然会有这样宁静的场所啊!"

从伸夫视野的右端可见纯子胸部的丰满。由于伸夫是在侧面,所以通过眼角余光看到纯子胸部前端描出的徐缓曲线延伸到外套里。

现在拥抱纯子,她会顺从接受吗?

纯子把自己邀请到她的房间,而且在隔壁更衣并微露胸部,因此她可能毫无戒心。

既然已经接过吻,那么求爱就要趁现在。伸夫想到这里嗓子里发干,身体像被五花大绑了似的无法动弹。

伸夫屏住呼吸一声不吭,这时纯子开口发问:

"你接下来要做什么?"

"做什么……"

伸夫语焉不详,继续俯望庭院。纯子轻轻地叹了口气:

"咱们走吧!"

两人离开旅馆,再次走在花季阴云下的街道。伸夫感到自己像是遗失了重大宝物。

虽然还只是推测,可难得被纯子邀请到她的房间里自己却无所作为,这会不会使纯子感到失望呢?对于跟成年男人玩惯了的纯子来说,自己的存在是不是太乏味了呢?

两人走下一小段坡道,纯子说"那就在这儿告辞吧"。这时,伸夫的懊悔之情更加强烈。

"你在东京待到什么时候?"

听到伸夫询问,纯子微笑着点了点头。

"因为展期没结束,所以我还得待四五天呢!伸夫明天几点回去?"

"晚上九点。"

"要是有时间,我会去送你哦!"

"你真的会来吗?"

伸夫低落的情绪顿时高涨起来。

如果纯子真的去上野车站送别,那么两人的恋情就还能持续下去。

或许是诚心祈祷真有灵验,第二天纯子果然在八点多来到了上野车站。为了不被同学们发现,她就靠在排列着擦鞋匠的角落立柱旁。

她身穿藏蓝色大衣,围着白色围巾,即使被同学们看到也肯定不会认出。

"谢谢你来送我啊!"

伸夫跑过去就握住了纯子的手。

"我还以为见不到你了呢！"

"怎么会呢？昨天说好要来送你嘛！"

伸夫感到自己比昨天更率真了一些。

"再过四五天你就回札幌了吧？"

"大概吧！"

纯子模棱两可地回答，双眼望着排在远处的同学们。

"你还是要跟他们回去吗？"

"是啊！为什么这样问？"

纯子是不是要建议他留在东京呢？伸夫想予以确认却没能说出口。纯子开始催促了：

"你该归队啦！"

"还有些时间呢！"

"可是我也该走啦！"

纯子露出成年人式的笑容望着伸夫。

"那，你要多加小心哦！"

"你也是……"

"再见！"

纯子依然窃窃私语般地道别，随即扭身快步走进人群当中消失了。

伸夫目送纯子离去，然后跟修学旅行的伙伴们一起乘上列车。

闷热天在傍晚时唤来了降雨，夜晚的东京变得湿漉漉的。伸夫望着雨中的霓虹灯，又沉浸在强烈的失落感中。

十

　　曾一度从庭院地面堆到屋顶的积雪也已融化,四月的新学期开始了。

　　可是,伸夫的心情却并不爽快。

　　因为在他升入高三时班级进行了重组,伸夫留在一班,而时任纯子则转到了九班。两人分在整个年级九个班的两端,而且教室也隔着长长的走廊离得最远。如果挨得近的话,倒还有机会在上社会科和理科等选修课时见面,而分属一班和九班可就不那么容易了。

　　伸夫认为这是老师们的阴谋。

　　由于纯子遗失了伸夫的情书,所以老师也都知道了两人的关系。继续让两人同在一个班级会有危险——老师们肯定是这样想的。

　　虽说是班级重组,实际上就是近半数学生的变动,而且主要是从一班到二班或从三班到一班这种相邻班级的调整。与此相比,从一班调到九班不是相隔太远了吗?

　　虽说如此,伸夫也根本不可能向老师申诉不满。

　　本来班级重组是经过教职工会议决定的,而学生们只能接受。也许实际上校方不可能满足每个学生的意见。

　　但尽管如此,两人离得也太远了。伸夫本想向班主任老师申诉不满,可那就等于主动承认了两人的关系。校方根本不可能接受这种意见,而且即使接受了,也只能招来同学们的反感。再加上调整到九班的除了纯子之外还有几名同学,所以未必能够断定只有纯子受到了特殊对待。

在班级重组方案公布的第二天,伸夫向来学校的纯子发出了抱怨。

"这完全是为了拆开咱俩,太过分了!"

"可是,既然已经决定,那也没什么办法啦!"

纯子的回答意外平淡,伸夫感到非常扫兴。

"这样一来,咱俩可就分开啦!"

"分开也只是班级不同而已嘛!"

确实只是班级不同,学校却还是一样,两人的关系并不会因此而终结。只要两人相爱,即使不在一个班也应该没问题。而且,班级不同还能避免伙伴们多嘴多舌,因此反倒变成了有利条件。

不过,自从修学旅行归来,伸夫还只跟纯子见过一次面。而且是在星期六放学之后,两人只去咖啡馆聊了半个小时而已。

因为伸夫在雨中上野车站分别时体验到了撕心裂肺般的痛苦,所以他对这次约会十分期待。可是,纯子刚喝完咖啡就站起来说她还有事。而当伸夫想商量下次约会时,纯子也只是反复说"最近很忙"。

伸夫觉得过度强求有失体面就不再吭声,但纯子后来就再也没打过招呼。由于班级重组就在此后进行,所以伸夫担心纯子会趁机离开自己。

仔细想来,这种阴晦的预感似乎在东京会面时就已经萌生。

伸夫从上野的美术馆跟纯子去了她住宿的旅馆,在分别时就已心生几分担忧。

纯子会不会从此离开自己？

这种预感在雨中上野车站分别时也同样涌上心头。

两人之间并没有吵过架或发生过不愉快，因此这种预感只能说是处在恋爱当中的一种直觉。但正因为是直觉才更加挥之不去。

伸夫担心自己的预感会变为现实，希望这只是自己的多虑而已。

然而，这种预感却似乎正在一步步地接近现实。

这种预感以明确的形态表现出来，是在半个月后去图书部活动室幽会的时候。伸夫照例在大家走后去昏暗的活动室里等候，可纯子却从约定的六点钟到七点多都没有出现。

天气虽已不像隆冬那般寒气逼人，但在没有火炉的房间里还是冻得直想跺脚。伸夫喝着纯子介绍给他的小瓶威士忌又等了一个小时，可纯子还是没有出现。

此前纯子即使迟到也没有超过半个小时，而且她在迟到时总是气喘吁吁地跑来道歉说"对不起"，还会突然亲吻伸夫。

可这次却过了两小时都没有任何动静。

或许是因为她突然有了什么急事，虽说如此耽搁的时间未免过长。如果继续待在这里的话，到了九点钟体育馆的侧门也会关闭，那就出不去了。

时间已过八点半，伸夫终于放弃等待并离开了图书部活动室。

虽然已经快到黄金周了，可街道的阴面仍有处处残雪。伸夫望着片片白影，想起纯子说过"即使是夜间雪也在融化"。

当时的纯子相当诚恳朴实,伸夫能够全身心地感到她直冲冲扑面而来的活力。

然而,三天前在走廊里见到她商量约会时,纯子却像换了个人似的特别冷淡。伸夫紧咬不放地说"什么时候都行,我等你",纯子像是无奈地点了点头,眼里含着困惑的神色。伸夫再次叮嘱说"一定要来",而纯子却还是不置可否地点了点头。

她也许再不会来了——伸夫的担忧就是从这时产生的。

不过,伸夫走在夜路上,心中仍然没有放弃。

纯子虽然今天没来,但那并非她自己的意志。此前她虽然说过"很忙",但那并非在说"我讨厌你"。事实上,从上高三以后她就不太来学校了,据说她正在努力创作鸿篇巨制。她之所以不能悠闲地跟自己约会,就是因为她在全神贯注地搞创作。只要有了空闲时间,她肯定还会像以前那样温存。

在情绪低落时,伸夫更愿意往好处想。

然而,伸夫在一个月后听纯子的朋友宫地怜子讲了一件事,彻底粉碎了他的期盼。

"纯子这丫头,对什么都不在乎,会不会出事儿呀?"

宫地怜子漫不经心地说出这话,伸夫慌忙追问:

"纯子怎么啦?"

"你不知道吗?纯子一周前就去钏路了呀!跟谷村先生一起。"

"谷村?"

"东大毕业的报社记者嘛!他这次不是去钏路分社了吗?"

伸夫还是第一次听到这个名字。

"那她不回来了吗？"

"倒也不会。不过，那个人一旦喜欢上谁就连学都不想上了。她母亲也急得不得了呢！"

虽然难以置信，但纯子果真喜欢上别的男人了吗？

伸夫感到纯子很有可能做出这种事情，但又不能轻易相信。

不过，宫地怜子是跟纯子同班的唯一好朋友，她不可能说假话。

不仅如此，想到纯子近来的态度，宫地怜子的话更透出了几分真实性。

"纯子这丫头，到底还是难以抗拒那种能说会道、精明强干的人啊！"

宫地怜子似乎不太在意伸夫跟纯子的关系，否则不会这样漫不经心地说出如此残酷的话来。或许她是对伸夫如今还在追求纯子感到悲哀，所以干脆向伸夫说明了真相。

宫地怜子如此一说，伸夫不得不承认此前的不祥预感已经变为现实。

"果然如此……"伸夫喃喃自语，然后发出一声叹息，"是这样啊！"

仅剩的一线希望也被斩断，伸夫突然变得沉默寡言了。

新绿遍染北国都城，槐花和丁香花盛开的五月到六月是伸夫最难过的季节。北国初夏一到人们就倾城出游，可他却与这种欢乐无缘。

伸夫能够稍稍镇定下来并考虑自己与纯子的关系，是在季节从初夏转向盛夏的七月初。

纯子为什么会离自己而去？

即使是已经几乎放弃的现在，他依然对此难以释怀。

曾一度那样亲密的女人怎么会如此轻易地离去呢？

那是纯子的真心，还是一时的恶作剧？伸夫怀着这样的疑问，思绪回到在东京产生那个晦暗预感的瞬间。

当时，纯子把伸夫带到她的住处，还在隔壁房间里更衣。如果伸夫当场向纯子求爱的话，她或许就会以身相许。如果伸夫低下头来坦诚表示"我想要"的话，她或许就会露出常见的成熟笑容，并尽情地展开怀抱。

当然，这些假设既非现实亦非已经向纯子确认，因此无法证明。不过，纯子在离开旅馆前曾发出一声叹息，或许那就是她对过分老实规矩的伸夫感到失望的表示。

事实上，纯子后来确实焦躁不堪撇下伸夫独自离去。在上野车站送别时，她又问过"你还是要回去吗"。当伸夫理所当然地点头时，她也是叹息一声并快步离去。也许当时纯子是最后一次向伸夫押注，而结果还是对这个幼稚的男子感到失望。

伸夫回想起这一幕幕场景，感到就是它们交织出了现在的"失恋"状态。

不过，即使真是缘于伸夫自己的幼稚，当时他也尚未具备超越这种幼稚的手段。显而易见,伸夫本来就对异性幼稚无知,也可以说纯子就是因为伸夫幼稚才接近他。而如果伸夫也像纯子所交往的中年男子那样是个情场老手的话,纯子或许就不会对他产生兴趣了。

总而言之,纯子再不返回已是确切无疑。

"原来如此啊!我是失恋了呀!"

伸夫喃喃自语,这个极具新鲜感的词令他惊诧不已。

仔细想来,伸夫此前从未把"失恋"这个词用在自己身上。实际上,因为他以前不曾有过真正堪称恋爱的经历,所以失恋当然是初次体验。

"失恋的男子……"

伸夫再次喃喃自语,然后望着镜中自己的面孔,心中既感到失落,也觉得自己又向成年男子迈进了一步。

他为错过纯子这个可心的女子感到懊悔,即使今后再喜欢上别人,或许也不再会像以前那样忐忑不安了。因为他已经与纯子这样的女人交往过,所以遇到一般情况也就不会再惊慌失措了。他与她的交往或许就是走向成年的一段里程。

伸夫在笔记本中一连串的"纯子"上画了叉号。

"既然你喜欢那种下流的中年男人,那就随你的便吧!你已经没用了!"

伸夫在心中反复念叨,并把笔记本涂得漆黑一片。

"我要找个比你好过无数倍的女人!"

但是,当他重新审视周围,却发现已不可能有比纯子更可心的女人了。若勉强言之，也就是村井麻子而已。可事到如今他既无意接近村井麻子，而且即使自己有意接近，她也不可能接受自己了。

"还是算了吧！"

伸夫有些不胜其烦了。女人总是翻云覆雨、骄横任性、不可信赖。如果真心跟那种东西相处，自己恐怕会疯掉的。

伸夫嘴里一句接一句地嘟囔着大脑中浮现出的怒骂，可那些骂声本身无疑都是对纯子的怀恋。

"忘了她吧……"

伸夫如此自我劝解，可是去了学校却偏偏又在走廊里与纯子相遇。

伸夫在一瞬间怀着依然如故的恋情走近纯子，慌忙之中表情有些僵硬。可纯子却若无其事地从他身旁走过，眼神十分平淡，就像在看一般的同班同学，丝毫不给伸夫接近的机会。

其后又过了一个月，额头沁汗的季节终于来到北国。

这一天，伸夫来到市中心的书店，出门时碰上纯子跟一位高个子男人并肩走来。好像有什么特别高兴的事情，纯子笑弯了腰。但是，她在看到伸夫时就止住欢笑，只瞥了伸夫一眼就扬长而去。

事发突然，伸夫慌忙朝两人追去，可纯子已经跟高个子男人并肩消失在人群当中。

那个男人就是怜子所说的谷村吗？伸夫虽然无从确认，可是纯子跟他的亲密姿态却非同一般。纯子最初向伸夫呈现的就是那种只对喜欢的人才会有的纯真温柔的笑容。

"果然如此啊！"

伸夫望着两人消失的方向喃喃自语。

"到此为止吧！自己跟纯子的那段交往只是梦幻而已。那种女人不值得永无止境地去追。"

伸夫手中握着新出版的英语参考书和高考复习资料。

高三已进入夏季，高考在一分一秒地迫近，由于他从春季到初夏一直被纯子搞得心浮气躁，所以今后必须加倍努力刻苦用功。

既然已经亲眼看到纯子跟其他男人在一起的情景，所以应该反而能够彻底地放弃她了。

"这样就可以彻底地忘掉纯子了。"

伸夫虽然还不太服气，但决心已下，那就能全力以赴地把落下的功课补上。

"首先要考上大学，成为一个大人。"

既然纯子嫌自己幼稚而绝情离去，那么成为大学生就是首先要解决的问题。只要自己成为大学生，纯子也许会另眼看待自己，并且再次回到自己身边。

虽然嘴上说已经放弃，可心中却依然难舍难分。伸夫不禁对自己产生了厌烦情绪，但这也比拖拖拉拉地纠缠下去强过很多。

从夏季到冬季，伸夫一门心思致力于高考复习。

虽说如此，他倒也不是把所有的时间都用在了学习上。即使在长时间面对书桌之间，他也会忽然想起纯子胸部的丰满和嘴唇的触感。

虽然已经下定决心抛开纯子，但他并不能立刻静下心来投入学习，在发呆时手依然会自然地伸向藏在抽斗里的黄书。

高考复习似乎仅仅使大脑疲倦，而身体却依然精力充沛。翻上两三页黄书，只要看到刺激性强烈的标题，下体就会勃起，手便像被吸附般触摸那里。

坐在椅子上自慰，如果突然有人闯进房间会很难遮掩。伸夫虽然已在房门上贴了"请敲门"的字条，可母亲和姐姐却根本不屑一顾。

为防万一被看到，伸夫用貌似膝毯的布块盖在腰间，然后在布块下反复做自慰动作。但在这种时候，好像脸上总会发烫，眼神也会变得呆滞。

母亲曾有一次没敲门就端着红茶进来，伸夫赶紧停下手，却来不及把裤裆前面合住，幸亏用旁边的膝毯盖住而没被看见。不过，母亲也许已觉察到自己表现异常。

"都半夜一点啦！赶快睡吧！"

母亲要把茶杯放在桌上摊开的参考书之间，可那下面就藏着黄书。伸夫慌忙把笔记本和历史年表也盖在上面，并伏下身来遮掩。

"怎么啦？不会是发烧了吧？"

母亲更加疑惑地盯着伸夫的侧脸看。

"没事儿呀！"

母亲在这种时候担心未免多余，不如赶紧退出房间才是体贴儿子。

"我马上就睡，别担心了！"

伸夫虽然感谢母亲送茶,但因为自慰行为受到了打扰,所以烦躁的情绪溢于言表。

母亲受到冷对不免有几分扫兴,伸夫在母亲离开之后终于松了口气。

刚才幸好坐在背对房门的位置,所以没被发现,却也真够悬乎。虽因受到打扰而一度兴致颓萎,可那个部位却似乎依然未能消停。

"刚刚进来过一次,所以不会再进来了。"

伸夫重新翻开黄书,这次他心情放松地把手伸向了裆胯。

虽然这样说不免有些夸张,但男孩高考成败的关键之一,或许就是怎样与自慰的冲动作斗争。随着越来越深地沉溺于这种快感,学习效率也会急剧降低,只有无力感在不断地蔓延。即使无法避免自慰行为,也应该控制在暂时排遣的程度,然后断然转换心情。这也许就是走向成功的必要条件之一。

伸夫虽然想法很多,但这些苦恼当然不能向父母倾诉,甚至不能对朋友说。特别是女性朋友和母亲,她们并不理解男性生理的本质。

不可思议的是,伸夫在跟纯子热恋时,却没有产生过多么强烈的自慰欲望,但在诀别后开始投入高考复习时,却又变得倍加强烈。

伸夫曾一度问过密友村田君。

"你每天做几次那个?"

村田君是妇产科医生的儿子,所以说到这种事情比较容易开口。

"大概每天一次吧。"

虽然每天一次并非固定,但伸夫平均也就是这个频率。有时冲动强烈就会连续两次,然后直接睡觉。

"做那个,对学习不好吧?"

"可是,那又有什么办法?"

伸夫了解到在这方面也有人跟自己想法一致,也就能够心安理得了。

可是,在过了冬季进入新年高考临近时,他就因为精神压力加重而减少了自慰的次数。

每天一次变成了两天一次,有时甚至连续数日都无心去做。由此看来,自慰或许就是一种依赖性很强的行为,因为通过这种行为能够进行消遣。

伸夫听到纯子出发去雪中阿寒湖旅行写生的消息,是在高考迫近的一月底。

"听说她要在钏路住一段时间。"

这个消息也是宫地怜子告诉伸夫的,但他现在已经无动于衷了。纯子与中年男人恋爱并有志于走画家之路,而自己的目标则是上普通大学,两人的想法与追求全都不同。如今他已既无嫉恨也无懊悔,完全能够坦然面对了。

二月初的高考就这样到来,伸夫得以顺利地完成考试。

虽然考试结果尚未得知,但毕竟已经尽力而为——眼下他只能这样想、这样确信。他打算再参加一所大学的复试,但因为那要在统考成绩公布之后,所以暂时无心继续用功。

接下来这段时间该干什么呢?伸夫面对高考之后突然到来的空

白期产生了困惑。此前的日日夜夜全都投入高考复习,而现在别说刻苦用功了,就连学校都不用去了。

约朋友聚会,一起去看电影,谈论伙伴们的近况,去各家串门喝酒。高考复习已经告一段落,所有的父母都会对考生的吃喝玩乐采取宽容态度。

伸夫听到纯子在雪中阿寒湖畔失踪的消息,就是在这种自由时间突然到来、整天无所事事的时候。

"天才少女画家在雪中阿寒失联""不明去向已过半月""最后看到她时正前往阿寒埠"。

伸夫望着报纸上的标题,并不相信那是事实。

纯子原本自恋而娇媚,是个小妖精般的女人,一喝酒就会把"我要自杀"挂在嘴边。而且,她一直在搞多角恋爱,哪里是真哪里是假都弄不清楚,就像是在自导自演并自我陶醉。

"虽然报道不明去向,不过,她可是说到就到哦!"

伸夫故意冷言冷语地提醒宫地怜子。

"这话说得太过分了! 你不是也跟她好过一阵儿吗?"

"可是,她就是那种女人嘛!"

且不说伸夫因为被甩而泄愤并嫉妒其他男人,但他根据短暂亲密时光中所得到的切身感受依然确信这一点。

二月底高考成绩张榜公布,伸夫幸运地通过了考试。大家欢呼雀跃,立即给家人和朋友打电话。

伸夫也打公用电话向父母报喜,随即又想到了纯子。

如果纯子在场，她无疑会为自己高兴。如果能做到，真想立刻在这里向她报喜。

"我也终于要当大学生喽！我已经是大人了，可以毫无顾忌地抽烟喝酒了。我就是单独跟你在一起也不会露怯发抖，还要紧紧地拥抱你，哪怕你不愿意也要剥掉你的衣服占有你！"

伸夫真想大声呼喊。

然而，纯子并没有出现。在雪中阿寒湖失联之后，听传言说有人在东京见过她，还说她去了巴黎，但都没有确切的证据。

由于她一直休学，校方似乎也穷于处置。

当融雪季节再次到来时，伸夫常常忽然感到纯子就在身边。那都是在路旁残雪斑驳、已有几分暖意的夜晚，走在楼宇间时隔半年重新露面的铺装路上，还有旧雪融化新雪飘落的黄昏。

纯子依然穿着她最喜爱的红大衣，双手插兜露出几分恶作剧似的微笑依偎在身旁——伸夫产生了瞬间的错觉，恍若在跟纯子一同漫步在街道上。但在片刻之后，伸夫便发现那只是幻觉，只是春天的气息悄然袭来而已。

积雪切切实实地一天天融化，四月十日大学举行了入学典礼。伸夫有些难为情地穿上学生服、戴上方顶学生帽参加了仪式。

纯子的尸体在俯瞰融雪阿寒湖的钏北垞被发现，是在入学典礼的三天之后。

现场是面向湖面的斜坡，纯子就扑伏在白桦树下。她依然穿着最喜爱的红大衣和红长靴，周围散落着"光"牌烟盒和安眠药空瓶。

可能是由于积雪太深,最先被发现的是红长靴底部,而深埋在雪中的脸庞依然保持着苍白的娇美。

"纯子到底还是死了呀!"

望着啜泣的宫地怜子,伸夫初次领悟到人真的会死。

虽然对纯子的恋情随着断然放弃而逐渐淡漠,但与纯子共度时光的触感却似乎愈加难以磨灭了。

十一

进入大学,伸夫最先体会到的就是摆脱了各种约束的解放感。

现在想来,高中时代有过太多的约束。抽烟喝酒自不必说,就连单独进咖啡馆和电影院都不被允许。因此,白天逛街、夜晚迟归、跟女性聊天都得有所顾忌。

但是,从今往后当众抽烟喝酒都不会有人指手画脚,还可以大大方方地进咖啡馆和电影院,跟女性挽着手臂走路都不用在意周围的目光了。虽说尚未正式达到成年,但周围的人都会把自己当"大人"对待。

其象征就是大学教室里摆放的烟灰碟和食堂里销售的香烟。

食堂商店里销售的香烟以"新生"牌和"小憩"牌为主,而且照顾到经济拮据的学生还可以拆开零卖。在生活协会经办的商店里倒是还有"和平"牌和"光"牌香烟,但几乎没有学生去买那种高级商品。

伸夫曾在纯子的诱导下抽过几次烟,但因当时并没有什么特别好的感觉,倒是害怕烟味熏染到头发和衣服上被老师发现,而且觉得头有些昏沉,所以除了跟纯子在一起之外自己并没有抽过。

但是,现在已经当了大学生,既无必要顾忌什么人,而且即使脑袋有些昏沉也无所谓。

虽然红盒的"光"牌香烟最先映入眼帘,可抽那种烟就像是在模仿纯子。而抽"新生"牌又有些惨不忍睹,于是伸夫决定就买二十支装的"小憩"牌。

伸夫拆开崭新的烟盒,一边悠然自得地抽烟一边品味进大学后的解放感。

我已经是大学生,是一个堂堂正正的大人,没有必要再像高中生那样对周围监视的目光提心吊胆了。对于伸夫来说,抽烟也是成为大人的明证。

可是,他在抽烟时眼前会忽然浮现出纯子的音容笑貌。不过,与其说是她的脸庞或身影,莫如说只是几个小小的动作。例如纯子在叼上香烟点火时,总是用右手拇指和食指捏住火柴,嘴唇迅速向前噘起。吸上一口之后,又会像拂去烟丝似的用无名指抹抹下唇的上沿。伸夫常常会发现自己下意识地在做与纯子同样的动作,因此惊讶不已。

伸夫仔细一想发现,不仅是在抽烟的时候,即使是在喝酒和与人见面时也会不自觉地模仿纯子的习惯性动作。例如坐在吧凳上时,纯子总是把双肘支在吧台上做出菱形。在给威士忌酒里加冰块时不用鸡尾酒搅拌器,而只是咔啷咔啷地晃动杯中的冰块。还有在交谈时,纯子常常伏下双眼做出微笑的表情,而这往往也是她感到无聊、希望转换话题的信号。

伸夫发现自己也在做同样的动作,并在感到纯子仿佛就在身边的同时,开始对自己依然不能彻底摆脱纯子的影响而产生厌烦情绪。

"现在我就是我……"

说实在话,在纯子魂断阿寒之前,伸夫特别介意她去钏路见那个名叫谷村的恋人。虽说纯子最终是独自一人在阿寒湖畔的雪中停止了呼吸,但是想到纯子此前曾被别的男人占有,伸夫依然无法真心为之悲伤。虽然他觉得纯子已经彻底离开自己因而没有必要耿耿于怀,但还是难以抛开一切悼念纯子。

"纯子的一切早已完结。"

伸夫在心中这样念叨着,提醒自己要从纯子的回忆中解脱出来谋求自立。他这样鼓励自己:都已经是大学生了,没有什么不可以。

但是,虽说"没有什么不可以",却不等于现在就能做到什么。毕竟要想吃喝玩乐就必须具备自信和经验,或者有个引导自己的伙伴,否则必将一事无成。

可是,伸夫周围都是较为正统的同学,喜爱游乐的花花公子几乎都去东京上了私立大学,留在札幌的国立大学的这伙人虽然诚实,但也相当土气。

所以,即使跟他们一起喝酒也都是在自己的房间里,没有勇气上街下馆子。即使难得外出也只是去咖啡馆边听音乐边喝咖啡,此外就是在校园的草地上聊聊天而已。

但即便如此,他们偶尔也会逛逛商厦,对电梯小姐和领带专柜里的女店员评头论足一番,谈论一下自己所喜欢的女性类型。

或许就是因为已有跟纯子交往的经历,所以伸夫跟伙伴们交谈时会心生优越感,好像自己更加成熟。伸夫虽然尚未有过真正意义上的性体验,但毕竟有过接吻和拥抱等行为,所以他还算处于领先地位。

不过,这却不等于他也有勇气接触现实中的女性。

"中冢前辈说过要带你去找女人呢!"

有位同学提到一位运动部前辈的话,伸夫虽然点头说"那倒不错呀",可实际上并没有主动要去的意思。即使心里"想去看看",但如果同学说"那就走吧"的话,他却预感到会失败而畏缩不前。

五月底,一位同龄女大学生来伸夫家寄宿了。

这位女子名叫井手咲子,是由住在函馆市的伸夫的姨母介绍来的。咲子在四月考入札幌市的基督教女子大学,但因为学生宿舍的伙食不好,还有严格的时间限制,所以希望寄宿在伸夫家中。

咲子的父亲在函馆市经营水产加工厂,同时担任市议会议员,跟伸夫的姨母已有多年交往。

"她虽然是富家小姐,但从不装腔作势,性格也很开朗,是个好姑娘哦!"

姨母如此向伸夫的母亲介绍。刚好当时姐姐外出学习西式裁剪不在家住,所以不甘寂寞的母亲立刻欣然应允。

"因为对方反复恳求,所以我就同意啦!"

母亲提出这件事时语调很谦和,不过伸夫倒也没有什么异议。

初次见到咲子,伸夫觉得她长得浑圆如苹果。她的性格确实像母亲所说既开朗又爽快,但身体健壮得有些过头,缺少所谓的女人味。因为伸夫以前一直受到带着倦怠阴影的纯子吸引,所以觉得两者类型截然不同。

不过,由于双方都很年轻,所以拥有诸多共同语言。在周日闲得发呆时,咲子就会来建议"听会儿音乐吧",于是伸夫就去二楼咲子的房间一起听音乐,顺便说说学校的情况,谈谈对最近看过电影的感想。

在交谈的过程中,伸夫发现咲子相当早熟。

例如,当谈到连伸夫看了也很感动的电影《情妇玛侬》时,咲子叹着气说"能得到男人那样的深爱死也值啦"。她的这种心情并非不可理解,但最令伸夫感到震撼的还是最后一幕:女人被头朝下倒拖着走,秃鹰盘旋在空中,茫茫荒漠令人恐惧。

"女人得到那样的爱会满足吗?"

"那当然啦!虽说也有很多怨言,可她还是离不开那个男人呀!"

为什么离不开呢?都已经落到那般悲惨的境地,怎么还不离开那个男人呢?虽然伸夫感到不可思议,但男女关系好像仅凭常理很难说得清楚。伸夫想到咲子可能对其中奥妙都有所了解,就突然觉得她像一个年长的、积累了丰富经验的女人。

不过,除了这种场合之外,咲子与普通的女大学生并无两样。她上完课后也不会闲逛,回到家里就帮着做家务,有时还会跟母亲促膝长谈,并频频朗声欢笑。

仅仅增加了一个女孩,这个先前只有男孩的家就豁然明朗起来。

街坊邻居中有人猜测伸夫有朝一日会跟咲子订婚,可伸夫从最初就没有那种心思,觉得她就是个同龄的女大学生,既不高人一头也不低人一等。

伸夫虽然常常惊异于咲子的早熟,但并未以好恶之心看待她。即便早上同时出门一起走到公交车站,回家时偶然同乘一辆公交车,他也不会介意周围的目光。

既然住在同一个屋顶之下,故作姿态也就毫无意义了。伸夫在感到燥热时,也会不顾咲子就在面前而满不在乎地光着身子换衣裤。

可是,当咲子穿着无袖衫或在短裙下露出浑圆紧绷的大腿时,伸夫却立刻慌了神并赶紧挪开视线。

虽说没有好恶之心,但是当年轻女性的肌肤呈现在眼前时,伸夫还是会心里紧张并意识到异性的存在。

咲子是否了解伸夫这种心态不得而知,她有时会把罩衫胸前的纽扣多解开一个,有时会把衬裙吊带脱到肩头下边。伸夫一看到这种情景就会呼吸急促,有时还会逃回自己的房间。

不可思议的是,或许由于总在近旁看得顺了眼,咲子的脸庞渐渐变得漂亮起来。最初觉得她过于浑圆,而现在也显得相当可爱,她那因近视而皱眉眯眼的神态反倒极富女人味了。

最初伸夫觉得她只是个普通朋友而已,但不知从何时起,他总在无意识地追踪咲子的声音和行踪。

伸夫特别强烈地感到咲子的存在是在夜晚，他躺在自己房间里一想到咲子在二楼睡觉就会心潮难平。

咲子现在已经进被窝了吗？她睡觉时是不是穿着刚才下楼刷牙时那件白底印花的睡衣呢？或者难以入睡正在想什么事儿呢？

伸夫脑海中浮现出以前在黄书上读到的"烦闷的女人""女人的自慰""占有我吧"等字眼，并叠加上咲子胸部的丰满和大腿的浑圆。

如果现在悄悄爬上二楼，或许能触摸到咲子温润的肌肤。父母都已睡下，不必担心会被他们发现，最后只剩咲子是否接受自己了。随着想象的不断深入，伸夫对咲子的欲望也愈加膨胀起来。

如果现在猛地闯进去，咲子可能先是露出雪白的胸脯反抗，然后力气渐渐用尽并接受自己。

伸夫一边想象淫靡的场面一边把手向下伸去。

他慢慢地触摸并用手指抚弄下体，这时咲子变成了自慰的对象，升格为世界上最美的女人。

可是，当手指动作越来越剧烈并达到高潮之后，刚才在想象中闪亮的咲子身影却立刻萎缩，随后只有轻微的懊悔和疲倦袭来。

咲子自不必说，就连父母都不会想到伸夫自慰时的对象是咲子。当然，如果父母得知此事可能会惊慌失措。不过，因为两人总在一起，所以他们可能早有预料。

但是，伸夫一方面沉湎于自慰行为，另一方面却觉得自己是在亵渎咲子，因此心里特别难受。

独享快感时别再以咲子为对象了。除她之外，可以想象的女性应该还有很多。伸夫在心中如此劝诫自己，可一到自慰时脑袋里浮现的却还是咲子。比起那些遥不可及的美女，还是身边的大活人更容易亲近和富于魅力。

但即便如此，伸夫在白天跟咲子见面时却像彻底忘掉了夜间的事情，依然谈论起音乐和电影的话题。

伸夫表面装出快乐的样子，心中却在为自己逐渐变为双重人格感到不安，就像吉基尔博士与海德那样昼夜截然不同的两种面孔。做人可以这样吗？

不过，这种扪心自问只是暂时的。当夜晚降临时，伸夫就又变成了性欲的俘虏。

九月初的一天，学校没课，伸夫很晚才起床，然后就在家里无聊地晃来晃去。过了不久，母亲也外出购物，家里就只剩他一个人了。

午后的秋日十分明亮，家中无人忽然激起伸夫的秘密冲动，他窥视了一下二楼。

咲子早上去了学校，二楼房间里寂静无声。伸夫伫立在寂静当中，忽然产生了窥探咲子房间的念头。

伸夫像被无形的丝线牵引着登上楼梯，然后打开了隔扇门。

咲子的房间里被褥已经收拾起来，右墙的衣架上挂着她的藏蓝色套裙。

虽然咲子在家时伸夫也曾进来过几次，可在她外出后的现在却气息更加浓烈。伸夫在房间中央伫立片刻，然后来到右侧壁柜前伸手握住了门把。

伸夫明明知道偷偷进入别人房间并打开壁柜确实不妥,但伸出去的手却欲罢不能。

壁柜里右侧摞着被褥,左侧放着用纸板做的小收藏柜。壁柜中的昏暗使伸夫感到了更加浓烈的女人味。

接下来的行动与其说是伸夫自己的,莫如说是潜藏在他体内的恶魔在行动。

伸夫拉开抽斗,首先看到了叠好的毛衣和裙子之类,而下面是睡袍等内衣,最下面的抽斗里胡乱塞着待清洗的内裤和胸罩。

伸夫顿时屏住了呼吸,随即像拿宝石般捧起最外边的白色内裤。在隔扇门缝漏进的光线中,只见内裤里侧有些发黄,旁边还沾着一根黑黑的阴毛。

伸夫望着这些,感到心跳剧烈得使胸膛发痛,随即像刚刚发觉自己的举动般迅速把内裤放回抽斗,然后返回房间沉浸在自慰的快感之中。

从第二天开始,伸夫对咲子突然变得态度冷淡了。

趁家里没人打开壁柜偷看脏内裤并借此自慰,心中产生的罪恶感使伸夫厌恶自己,并从此变得沉默寡言。

仅仅跟咲子照个面他就会惶恐不安,感到自己的一切都已被咲子看透,甚至不能坦然自若地交谈。

不过,咲子当然没有发现伸夫的秘密,依然绽开爽朗的笑容与他攀谈。

然而,咲子越是主动搭话伸夫就越是扭头躲避,甚至想赶快逃开。

过了几天,咲子似乎觉察到伸夫的异常变化。

"你是不是有什么担心的事情?"

伸夫默默地摇了摇头。

"你不要在意啦!"

咲子说了句安慰的话,从那以后除了必要的事情之外也不再多说什么了。

这样一来,伸夫反倒于心不忍,就跟咲子说些不痛不痒的事情。

这种拉锯式的状态持续一月之后,伸夫跟咲子去看了一场电影。

这一个月来伸夫总是板着面孔,但这是由于偷看咲子的内裤而自责,并非对她怀有怨恨,其实心里十分希望恢复先前那种年轻人式的爽朗交谈。

那部电影描写的是大学生跟学画的年轻女子的浪漫爱情故事,其中隔着窗玻璃接吻的场面成为热门话题。伸夫着迷地望着那个场面想道:不过,如果自己跟咲子也那样做的话,鼻子压扁或许会像猪脸一样。同时,他也对自己的想象如此煞风景深感惊讶。

观影结束两人去咖啡馆喝过茶后,咲子提议"走走吧"。

从市中心到家有两公里以上距离,但因为咲子已经迈步前行,伸夫就默默地跟在她身后。

时间已过九点钟,离开繁华街道之后来往行人骤然减少,只有深秋的晚风拂过宽阔的夜路。

咲子继续着刚才在咖啡馆谈起的话题。

"如果是伸夫君的话,会厌恶女人有那样的过去吗?"

在电影中,那位漂亮的美术大学女生被曝曾为生活卖过身,男生因此而深受打击。

"不过,那个女生是真心喜欢那个男生吧?先不说过去怎样,我觉得眼前的感情更加重要啊!"

"你真的这样想?"

咲子向伸夫确认,看到伸夫点头后像是下定了决心。

"我其实不是处女啊!"

伸夫立刻停下脚步,而咲子却毫不在意地继续前行。

"他因为工作常去我家,比我年龄大很多……"

这本来是极为重要的坦白,但咲子的嗓音却意外的干脆。

"你喜欢那个人吗?"

"不,怎么会喜欢呢?"

"为什么会跟不喜欢的人?"

"可能是因为受到诱惑了吧……"

伸夫脑海中浮现出咲子那罩衫领口露出的丰满。

"不过我也不好,有点儿想反抗父母……"

她为什么在这个时候说出这种事情?难道是因为看到电影中接吻的场面而情绪高涨?或者只有两人走夜路促使她忆起过去的事情?伸夫搞不懂女人的心思,于是默不作声。

"我也是为了离开那个人来札幌的!"咲子一吐为快似的说道。

"……"

"现在已经什么都没有啦?"

两人径直走过漫长的围墙边,来到儿童公园密林前时咲子突然回过头来。

"哎,吻我吧!"

咲子闭眼站在伸夫面前,十米远处的路灯光线斜射过来,把她的影子长长地投在路面上。

伸夫在一瞬间想起了纯子,随即像受到秋风催促般吻了咲子的嘴唇。

咲子立刻泄出压低的呻吟声,同时紧紧地拥抱伸夫。可是还没过一分钟,咲子就静静地离开了伸夫。

"谢谢你……"

咲子怎么会这样说? 伸夫觉得没有理由让自己所亲吻的女子道谢,并继续跟咲子并肩前行。

从接吻的地点到家用不了十分钟,两人不紧不慢地继续前行,进家后用平常的语调向出迎的母亲说"我们回来了",然后分别回到自己的房间。

过了片刻,咲子就换上家居便服下楼来到客厅,表情中丝毫没有几分钟前接过吻的痕迹。

此后又过了一个月,北国的短暂秋季就结束了。

其间伸夫没跟咲子一起外出过,表面看去两人的状态毫无变化。

或许如果伸夫主动邀约,情况就会有所转变。但是,伸夫现在害怕跟咲子发展得更深,而咲子也像是忘了那天晚上的事情,一如既往的开朗活泼。

伸夫看到咲子一如既往便放了心,却也感到意犹未尽。

十一月对于住在北国的居民来说是最为郁闷的季节。刚刚有过两三天秋高气爽的日子,紧接着就天降冷雨,还不时地飘起雪花。这种天气持续数日之后,就在人们已经作好迎接冬季的心理准备时,碧空如洗又令人留恋金秋。在人们以为冬季未到的瞬间,雪花再次打碎了他们的天真。

每当冷森森的碧空与晦暗的雨夹雪交替出现时,伸夫心中就会产生动摇,逃往南国的念头愈加强烈。

"如果现在不走的话,大雪天一到就来不及了。"

伸夫在烦恼中告诫自己。

不过,这种动摇和烦恼也只到十二月初为止。

腊月过去一半,落雪已经冻结,伸夫的心绪从动摇转为放弃,不久便安定下来了。

"雪这么大,南下的公路和铁路肯定都已经被阻断。从现在起到融雪季节来临只能死等了。"

他这样说服自己,反倒得以平心静气了。

伸夫受到咲子引诱就是在落雪成冰季节的某日下午。

那天适逢休息日,父母外出参加亲戚的一周年忌日活动,家里只留下伸夫和咲子两人。

在连续飘雪的日子里似乎会发生某种隐秘故事——伸夫心怀这种预感在自己房间里听广播时房门敲响,咲子出现了。

"你在干什么呢?"

咲子稀罕地穿了件紧身裙,上身是前襟敞开的宽松红毛衣。

"上二楼去吧……"

措手不及的伸夫还没反应,咲子不等答话就先自离开。她的背影充满了确信,认定伸夫当然会来。

伸夫感到自己的欲望已被看穿而一时困惑不已,但立刻像被牵引似的跟了上去。

与三个月前伸夫偷看咲子的内裤时相同,楼下无人寂静无声。虽说完全没有必要,可伸夫还是蹑手蹑脚地上楼并拨开了隔扇门,只见咲子背对门口站在窗边。

"雪下得好大呀!"

"啊……"

伸夫发出沙哑嗓音点了点头,然后跟咲子并肩站在一起。咲子极为自然地把上身依偎过来,伸夫像要支撑咲子般把嘴唇贴了过去。

在大雪纷飞的日子里瞒着父母偷偷摸摸地跟咲子接吻——这种意念使伸夫的欲望逐渐高涨起来。

在长吻间歇时,伸夫的裆间勃然怒张,从裤子外面也显而易见。

伸夫慌忙撤身遮掩,咲子喃喃细语。

"伸夫君,不必介意啦!"

"……"

"如果我可以的话,不必介意啦!"

伸夫感到这声音仿佛来自上天的启示。

"你等一下啊!"

咲子说完迅速从壁柜里拉出被褥并铺在窗边。伸夫看得发呆,咲子就在他面前脱掉毛衣和裙子,身上只剩一件衬裙了。

"来……"

在大雪铺天盖地的午后昏暗房间里,咲子只穿内衣坐在被窝中,毫无戒备的身姿在伸夫眼里俨如圣洁的女神。

伸夫一边想"就在这种地方"一边脱下衬衫、甩掉裤子。

然后,伸夫像梦游患者般凑了过去。咲子伸开双臂迎接他,然后把他的那个东西引向自己的下体。

伸夫已经完全失去了冷静,一时不知如何是好,就在欲望的驱使下向前猛冲。

不过,他在进入咲子下体的瞬间,大脑中掠过了一个念头——我将由此成为一个男子。

这个过程与以前在书中读到的和想象的简短得多,令伸夫感到不够尽兴。

这就是大人们执着追求的、美妙销魂令人憧憬的好事吗?自己长久以来梦寐以求的仅仅是这个吗?他在回顾那个过程时却意外地感到无聊乏味,似乎特别单纯而幼稚。

不过,在交合之后,咲子的嗓音变得比以往任何声音都无限甜美和温柔。

"冷吗？"

因为过于激动，伸夫躺着一时说不出话来。咲子为他肩头盖上一条毛毯，随即披散着头发凑到伸夫面前。

伸夫的视线越过咲子的黑发望着飘飘洒洒的雪花，再次想到自己现在已经成为一名男子了。

自己由此而成为一名男子——他在心中告诉自己，就像达成一件可以向伙伴们炫耀的壮举，同时也感到做下一件淫乱可耻的事情。

就在伸夫心神不定的时候，咲子对他窃窃私语。

"我喜欢你啊！"

随着热烈的呼气，咲子依偎在伸夫身旁。

伸夫感受着咲子肌肤的温热，终于醒悟到自己现在也最喜欢咲子，她就是自己最亲近的人。

"抱紧我……"

咲子更加紧贴伸夫，仿佛受到吸引，伸夫也紧紧地拥抱咲子柔软的身体。他在轻微的倦怠感中想到——从今往后，山野和街道都会被皑皑白雪覆盖。

图书在版编目（CIP）数据

影绘 / (日) 渡边淳一著；侯为译. -- 青岛：青岛出版社，2016.3

ISBN 978-7-5552-3658-0

Ⅰ.①影… Ⅱ.①渡… ②侯… Ⅲ.①自传体小说 –日本 – 现代 Ⅳ.①I313.45

中国版本图书馆CIP数据核字（2016）第044475号

山东省版权局著作权合同登记号　　图字：15-2015-49号

书　　名　影绘
著　　者　（日）渡边淳一
译　　者　侯　为
出版发行　青岛出版社
社　　址　青岛市海尔路182号（266061）
本社网址　http://www.qdpub.com
邮购电话　13335059110　（0532）68068026
策划编辑　杨成舜
责任编辑　霍芳芳
特约编辑　刘　冰
封面设计　乔　峰
封面插图　郑乾敏
照　　排　青岛乐喜力科技发展有限公司
印　　刷　青岛国彩印刷有限公司
出版日期　2017年1月第1版　2017年1月第1次印刷
开　　本　32开（890mm×1240mm）
印　　张　7
字　　数　140千
印　　数　1-8000
书　　号　ISBN 978-7-5552-3658-0
定　　价　32.00元

编校印装质量、盗版监督服务电话: 4006532017　0532-68068638
印刷厂服务电话:0532-88194567
本书建议陈列类别: 日本·当代·自传体小说